Christian Meunier

Maman

Éditeur : BoD-Books on Demand, 12/14 rond-point des Champs Élysées, 75008 Paris, France
Impression : BoD-Books on Demand, Norderstedt, Allemagne
ISBN : 978-2-322-08447-0
Dépôt légal : octobre 2017

ISBN : 9782322084470

9 782322 084470

Il était 18 h 00 en ce 29 janvier 2015. Comme tous les soirs depuis trois semaines, je lui avais donné la becquée : et une cuillerée pour Papa, une cuillerée pour Gérard, une cuillerée pour Georges, une pour Marie-Françoise, une pour Nelly. Et si elle était dans de bonnes dispositions, encore une pour Yves, et une pour moi. Ce qu'il y a de bien, dans les familles nombreuses, c'est que cela fait beaucoup de cuillères, et depuis trois semaines, il m'en avait fallu une collection.

Mais ce soir-là, je n'ai pas pu dérouler ma litanie : dès la première cuillère, ce fut fini. Terminé. Plus rien ne voulait rentrer. La mangeuse ne voulait plus manger. Elle n'aspirait plus qu'à dormir, qu'au repos éternel. « Je suis tellement fatiguée. »

Et quand je l'eus embrassée, quand j'eus ouvert la porte de la chambre, éteint la lumière, et que je lui eus dit : « Dors bien, Maman. À demain. », Je sentis bien que je ne la reverrai plus vivante, et une vague de froid m'envahit.

La famille

Maman est née dans une famille sarde. Ses parents avaient quitté la Sardaigne, sans doute pour trouver du travail en France, plus précisément à Nice.

Je n'ai pas connu mon grand-père maternel, Laurent Pisoni, qui est mort alors que je n'avais que 3 ans.

Il ne m'a laissé aucun souvenir. Seule une photo témoigne de son existence : une petite vignette format photo de carte d'identité, où il semble fort âgé, et qui ne montre que son profil droit. Tout ce que l'on m'en a dit, c'est que c'était un intellèctuel puisqu'il savait lire et écrire. Né à Cagliari, orphelin très tôt, il avait été élevé sous la responsabilité de curés, ou de moines, à l'origine de son savoir. Ses compatriotes moins intellectuels venaient le voir pour qu'il leur écrive des lettres en italien. Ainsi, pour arrondir ses fins de mois difficiles, il taquinait la muse dans la langue de Dante, écrivant une demande à l'administration, rassurant une famille restée au pays, ou composant un hymne à l'amour pour une Giulia qui se languissait sur le sol italien de son Luigi, parti gagner son pain à Nice.

Malheureusement, un intellectuel qui ne parle pas la langue

de son pays d'accueil ne peut guère trouver de travail dans ses cordes. Il ne lui reste plus que le travail physique, celui de docker sur le port de Nice dans son cas. Mais comme ce port était de dimensions modestes, on se dit qu'il ne devait pas y avoir souvent du travail pour lui, d'autant moins qu'en tant qu'Italien, traité de « Macaroni » par les Français de souche de l'époque, il devait passer après bien d'autres dans la hiérarchie, puisque, refrain bien connu, il venait manger le pain des Français, des Niçois qui avaient eu, jusqu'en 1860, la même nationalité que lui. D'ailleurs, ne parvenant pas à se sentir Français, il a gardé ses papiers italiens jusqu'à sa mort. Même pendant la guerre, lorsque Mussolini vint occuper Nice, il resta italien, mais avec méfiance.

J'ai cru comprendre à quelques rares allusions faites dans le feu de certaines conversations, qu'il lui arrivait de boire pour oublier, les soirs où il avait touché sa paie. Et comme il aimait les animaux, il se laissait parfois, après un nombre suffisant de verres, attendrir par un chien qu'il amenait à la maison, où il devait subir les foudres de sa femme, qui avait 8 gosses sur les bras, car le grand-père n'était pas fainéant au lit. Elle se demandait comment elle allait nourrir ces huit bouches. La vue d'un berger allemand, doté de bonnes dents et d'un grand appétit, la mettait en rage et arrivait à lui faire oublier un sens de l'humour qu'elle avait, par ailleurs, plutôt développé. Le grand-père devait alors négocier, et il lui arrivait d'être convaincant.

Un jour, il rapporta deux souris dans une cage. C'en était trop pour Mémé. Tandis que son mari lisait le journal aux toilettes, seul lieu fermant à clé, elle prit son battoir à linge, sortit les souris l'une après l'autre de la cage, et les estourbit à mort d'un bon coup de battoir sur le museau, avant de les jeter dans la poubelle de la cuisine.

En effet, Mémé était très vive, et heureusement pour les siens. Elle, je l'ai bien connue : une petite femme d'à peine un mètre cinquante, chignon compris, pleine d'humour, pleine d'amour pour ses enfants et ses petits-enfants. Au travail dès cinq heures du matin pour faire le ménage et la cuisine pour sa famille, elle partait ensuite nettoyer chez les autres pour gagner la pitance de sa nichée. C'était une  femme courageuse, solide, qui n'hésitait pas à donner de sa personne pour aider ses enfants, même lorsque ceux-ci furent en âge de se débrouiller seuls.

Elle avait donc quitté Sassari et sa famille avec son frère, ouvrier du bâtiment, à l'âge de 16 ans. Une jeune fille ne pouvait décemment pas vivre seule. Il lui fallait un père, un mari ou un frère. C'est à Nice qu'elle fit la connaissance de son futur époux. Celui-ci avait dû la demander en mariage au frère, représentant moral du père. La chronique familiale est muette sur la façon dont ils s'étaient connus, s'étaient plu et rapprochés. Vraisemblablement dans une réunion d'Italiens de Nice. Ma mère m'a raconté un jour qu'elle avait connu son oncle, mais n'a jamais pu m'en dire plus, si ce n'est qu'il était gentil. Mais chez Maman, tout le monde était gentil. Il est mort Dieu seul sait quand, et il est enterré Dieu seul sait où.

Selon les versions Mémé était le dix-septième ou le onzième enfant de sa famille. Son père était carabinier, et, comme on voit, un excellent tireur. Dès que ses enfants eurent l'âge de seize ans, il les envoya au travail. Mais celui-ci était une denrée rare. Certains durent donc s'expatrier, qui en France, qui en Amérique. Les enfants, une fois partis, disparaissaient de la vie de leurs parents. Jamais Mémé ne leur écrivit, sans doute parce qu'elle ne savait pas le faire. À l'époque, la plupart des gens ne possédaient pas le téléphone.

On se disait en plaisantant dans la famille qu'un des Cossu avait dû aller aux USA, où, forcément, il avait fait fortune, et qu'il allait revenir pour dépenser ses millions avec ceux de sa famille qui étaient maintenant à Nice. L'idée était intéressante, mais nous l'attendons encore. À vue de nez, il devrait avoir atteint les 120 ans. Il serait donc grand temps qu'il revienne.

Mémé en eut un jour assez de son mari qui n'apportait pas grand-chose dans l'escarcelle de la famille, à part de temps à autre un chien errant ou une bonne cuite. Un beau matin, elle prit ses enfants au nombre de 2 ou de 4, selon les versions, et partit pour Marseille. Elle trouva du travail dans une savonnerie portant le nom d'Abeille. Les enfants furent donc nourris grâce au savon de la cité phocéenne. Mais Laurent, à qui sa femme et ses enfants manquaient, finit par retrouver sa femme, et fit le voyage de Marseille. Deux enfants y naquirent, avant que la famille ne reprenne le chemin de Nice, où, bouquet final du feu d'artifice, les deux dernières virent le jour : des jumelles. Même fausses, elles venaient clore la fabrication.

Cela faisait 6 filles et deux garçons. Deux des filles, numéros 3 et 4 de la fratrie, quittèrent ce monde sans doute pour cause de maladie. La chronique familiale ne nous dit rien sur elles. Tout ce que l'on sait, c'est qu'elles se nommaient Marie et, excusez du peu, Reine.

L'appartement familial se trouvait au deuxième étage du 28 de la rue Sainte-Claire, dans le Vieux Nice, lequel à l'époque, était loin d'être aussi pimpant qu'aujourd'hui. Il se composait d'une cuisine de taille moyenne, dans laquelle trônait une cuisinière à charbon, d'une chambre à coucher enrichie d'une alcôve séparée par un rideau, et, comble du luxe, d'un WC intérieur.

Des voisins moins chanceux avaient leurs toilettes sur le balcon. Ainsi, tout le voisinage connaissait leurs habitudes intestinales. Certains témoins, par jeu, les saluaient à haute voix à l'entrée, et à la sortie. Mais ce n'était rien à côté des toilettes d'une vieille dame qui habitait au 26, dont l'entrée donnait sur l'escalier, sans palier. Cet escalier était étroit, raide, rectiligne. Les marches qui le constituaient étaient de hauteurs inégales, et plus ou moins horizontales. Lorsque sa vessie ou son intestin se manifestaient avec trop d'insistance, la pauvre femme descendait l'escalier jusqu'à la hauteur de la porte qui se trouvait dans le mur, à gauche, au-dessus d'une marche, et à droite, trois marches plus bas. La dame avait un petit escabeau avec deux pieds de longueurs différentes, qui, une fois posé le long du mur, était, ô miracle de la menuiserie, à la bonne hauteur. La pauvre femme ouvrait la porte, se tournait le postérieur vers la cuvette, baissait sa culotte et entrait à reculons et en montant. Une fois à l'intérieur, elle tirait la porte vers elle tout en se laissant tomber sur le trône. Elle était en sécurité le temps de faire sa petite ou sa grosse commission, risquait le lumbago dans ce boyau étroit en se torchant les fesses, et repartait alors vers l'avant, accrochée à la chasse d'eau qu'elle tirait par la même occasion, pour reprendre pied sur l'escabeau en faisant bien attention de ne pas le faire glisser sur le côté, ce qui aurait provoqué inexorablement sa chute en roulé-boulé dans l'escalier, façon parachutiste à l'atterrissage. Mais elle se déplaçait désormais en marche avant et voyait donc ce qu'elle faisait. Ayant conscience d'avoir une fois encore bravé la mort, elle récupérait son escabeau et remontait chez elle, les organes et la tête détendus. Cet épisode aurait pu faire un bon numéro de cirque, dans la rubrique des clowns acrobates, et lui aurait valu un roulement de tambour au moment le plus périlleux, et les applaudissements frénétiques d'un public de connaisseurs après la délivrance. Modeste, elle réalisait ce numéro dans la plus grande des discrétions, plusieurs fois par jour.

Lorsque l'on sortait de la maison, on se retrouvait dans la rue Sainte-Claire qui, à l'époque, était composée de longue, marches assez plates. C'était donc tout autant un escalier qu'une rue.

Le long des murs lépreux, sur le côté droit de la rue en montant, se trouvaient d'étranges constructions métalliques, des poubelles rectangulaires en tôle qui se pliaient, et qui étaient maintenues fermées par des sortes d'espagnolettes, jusqu'à ce que le premier utilisateur, désireux de vider sa poubelle, vienne déplier la construction, éloignant la plaque de tôle du mur. Il jetait alors ses ordures dans cette pseudo-poubelle murale. Les liquides contenus dans sa poubelle coulaient, en bas de la construction, sur les marches et, s'il ne s'éloignait pas assez vite, lui trempaient les chaussures.

Les rats appréciaient particulièrement ce mobilier urbain pliable. Ils passaient sous la tôle, dont les côtés, fixés sur le mur, étaient, en bas, attaqués par la rouille, contraints de braver le tétanos, pour faire ripaille. Ils étaient si gros, et si farouches, que les chats du quartier, eux aussi nombreux et affamés, les évitaient soigneusement, ne tenant pas à livrer une bataille à l'issue incertaine avec ces rongeurs réputés particulièrement intelligents. Les chats n'attaquaient le contenu de la poubelle qu'une fois les rats servis et repus. Quelquefois, un chat plus fort et plus courageux que les autres arrivait à se saisir d'un de ces rongeurs par le cou et en faisait son repas. D'autres fois, c'était l'inverse. Un commando de rats faisait sa fête à un matou moins leste et moins fort que les autres. Manger ou être mangé, telle était la devise.

Les humains n'étaient pas moins intéressants. Il régnait entre les habitants un grand respect. On s'appelait « madame » ou « monsieur », et on se vouvoyait. Dans la partie haute de la rue, à main droite, se dressait un couvent de sœurs cloîtrées. Mémé leur apportait souvent de la soupe pour les pauvres, car la sœur tourière recevait les dons en nature qu'elle devait redistribuer par ailleurs. Quand on pénétrait avec Mémé dans ce couvent, on ne dépassait pas la salle d'entrée, d'où l'on ne voyait rien. En revanche, il arrivait que l'on entende des chants, des voix de femmes enterrées vivantes, dont la seule occupation était d'adorer le Créateur, et de profiter du contact avec le Tout-Puissant pour glisser un mot sur nous, pauvres pécheurs, qui menions notre vie de débauche sous la protection bienveillante et indirecte de ces saintes filles.

Même si nous n'en avions jamais discuté avec elle, j'ai toujours eu le sentiment que Mémé ne croyait pas trop en l'existence du Très Haut, et qu'elle avait une piètre opinion de son personnel au sol. Elle avait dû une fois prendre la défense d'un gamin de huit ans, qu'un curé du quartier, pédophile non encore estampillé, poursuivait de ses assiduités. Cet enfant avait frappé à sa porte et s'était placé sous sa protection. Et c'est avec son fameux battoir à linge qu'elle avait repoussé l'assaillant, en l'admonestant, dans son français appris sur le tas, et qui n'était pas estampillé par l'Alliance française : « Vous n'avez pas honte, espèce d'un gros dégueulasse, de tripoter ce petit ? » Impressionné par le battoir, et se doutant que Mémé était déterminée à s'en servir pour le ramener au sens de ses responsabilités, le curé avait préféré battre en retraite.

Mémé avait la dent dure contre le clergé, ce qui montrait bien qu'elle n'était pas portée sur la religion, même si elle pratiquait l'aumône et la compassion, mais toujours dans la discrétion. Elle n'avait rien à voir avec les dames patron-nesses de Brel, qui tricotaient des pull-overs vert caca d'oie pour reconnaître leurs pauvres, vêtus aux couleurs de leur bienfaitrice, tels les jockeys portant la casaque de leur em-ployeur. Mémé était généreuse naturellement, sans osten-tation.

Il y avait autour de ces gens modestes quelques figures ty-piques, comme Rondinelle. Cet homme de taille moyenne portait une casquette, et traînait la jambe. La rumeur pu-blique disait qu'il s'agissait d'un accident du travail. En effet, Rondinelle était, selon les saisons, pickpocket ou cambrio-leur. Et c'était justement au cours d'un de ses cambriolages que, dans la précipitation, il avait fait une chute d'un balcon situé à un premier étage, et qu'il s'était cassé la jambe. Ce fut une mauvaise chute, entraînant des complications, si bien qu'il ne pouvait plus marcher autrement qu'en tirant la jambe restée raide, ce qui lui donnait un petit air d'ancien combattant arborant une blessure de guerre. Les habitants du vieux Nice le connaissaient et n'ignoraient rien de ses activités illégales, si bien qu'il devait aller exercer ses ta-lents dans d'autres quartiers, où il pouvait sévir incognito aux dépends des touristes.

Il faut croire que, comme on dit en allemand, la mauvaise herbe ne crève jamais, car j'ai eu l'occasion de le voir plu-sieurs fois, une bonne vingtaine d'années plus tard. Il ne pratiquait plus l'art vertigineux de la cambriole, et se con-tentait de vider le sac des dames à hauteur de main. Il at-tendait que les gens s'agglutinent lors de certains événe-ments, tels que les fêtes des fleurs, ou le fameux carnaval de Nice. Tandis que la future victime regardait passer les chars couverts de fleurs, ou de figures carnavalesques, il profitait des sacs ouverts pour les vider par le haut de tout ce qui pouvait contenir de l'argent : bourses, porte-monnaie, portefeuilles, carnets de chèques. Lorsque le sac était fermé, il utilisait un sachet à ouverture rigide et une lame de rasoir, avec laquelle il pratiquait, comme un chirurgien, une incision dans le bas du sac, et le contenu se déversait dans le sachet qu'il tenait dessous. La dame, dont l'attention était détournée par le spectacle, ne remarquait rien, et Rondinelle s'éloignait avec son butin. Il en était quitte pour jeter tout le fatras inutile qui encombrait les sacs, et mettait en sécurité l'argent et les moyens de paiement au fond de l'une des nombreuses poches intérieures de sa veste. Il fallait faire très attention car, le Carnaval de Nice attire toutes sortes de voleurs à la tire, et de quoi aurait l'air un voleur patenté de son envergure s'il se faisait dérober ce qui était devenu son bien par un quelconque voleur de pacotille ? On peut être voleur, et avoir de l'amour-propre, et le goût du travail bien fait.

Naissance des jumelles

C'est donc dans ce milieu qu'est née Maman, prénommée Joséphine et surnommée Fifi, le 10 décembre 1922, accompagnée de sa jumelle Yvonne. Ainsi après Antoine (dit Nini), Yolande, Reine et Marie (les deux disparues), Jules, Marie (à vrai dire Béatrice, mais qui avait hérité du prénom d'une des deux défuntes), arrivait le bouquet final.

Les jumelles étaient de fausses jumelles. Elles avaient bien les mêmes parents, étaient bien nées le même jour, quasiment à la même heure, mais alors que l'une était petite, fluette, nerveuse, l'autre était grande, plus ronde, et d'un calme olympien.

Les sœurs aînées chargées de donner le biberon l'avaient bien remarqué : alors que Joséphine buvait le sien régulièrement et le vidait dans un temps digne de figurer dans le livre des records, sa sœur Yvonne tétait avec nonchalance, si bien que le lait se refroidissait, alors que son niveau avait à peine baissé. Comme les préposées à la tétée avaient mieux à faire que de perdre leur temps à faire boire un bébé récalcitrant, mais qu'elles ne pouvaient pas abandonner un biberon à moitié plein, elles avaient trouvé une solution : elles donnaient le reste à Joséphine, qui terminait cette portion supplémentaire sans rechigner.

C'est là que commença une rivalité qui devait durer toute la vie de Maman, et dont elle parlait encore quelques jours avant sa mort. « Ma sœur ne m'aimait pas. Elle était jalouse de moi parce que j'étais la plus grande, alors qu'elle, elle était meilleure que moi à l'école. Alors, elle me tirait les cheveux et me battait. Ma mère disait : tu es folle de te laisser faire ! Tu es plus grande et plus forte. » Cette plainte, nous l'avons entendue presque tous les jours pendant cinq ans, quand ce n'était pas plusieurs fois par jour. On voit les dégâts causés par la jalousie, sur le moment d'abord, et qui trouvent encore un écho quatre-vingts ans plus tard. Alors que les faits qui viennent de se passer sont oubliés dans les minutes qui suivent, les souvenirs enfouis au plus profond de la mémoire reviennent régulièrement gâter la vie des gens, dans ce cas, alors même qu'Yvonne avait cessé depuis des dizaines d'années de la harceler.

Il y a très peu de photos de Maman jeune. La famille était trop pauvre pour avoir un appareil photo, et pour se payer les pellicules et surtout le développement. Par conséquent, les photos étaient liées à des événements solennels. Il y avait d'abord un cliché où les jumelles posaient en tenue de communiantes, un cierge à la main. Quoi qu'ait pu penser ma mère, on leur aurait donné le bon Dieu sans confession, même à sa sœur Yvonne.

Les deux filles ont fréquenté l'école de la rue Séguranne, dans le vieux Nice. Maman y est allée jusqu'à la fin du CM2. Et alors que l'institutrice lui avait conseillé d'obliquer vers le certificat d'études, sa famille a préféré l'envoyer travailler. Cela permettait d'arrondir le revenu familial.

Au boulot

Avec sa sœur Marie, elles ont trouvé une place Boulevard de Magnan. Tous les matins, il fallait marcher pendant quarante-quatre minutes, qu'il pleuve, qu'il vente ou qu'il fasse beau. Et on remettait ça le soir. On devait être en trente-six.

L'usine était flexible, puisqu'elle a commencé par mettre du DDT en sachet, avant de se mettre à la fabrication de masques à gaz, la guerre menaçant.

On connaît maintenant les dangers du DDT, le nom d'artiste du Dichlorodiphényltrichloroéthane, un insecticide puissant. Les jeunes filles travaillaient sans masque, sans gants, et inhalaient joyeusement cette poudre dont les effets nocifs sont entre autres le cancer du sein, du foie, et la désorganisation endocrinienne.

Marie, elle, avait les doigts pleins de pus. Ce même syndrome apparut chez Maman aussi, qui dut même subir une opération de la main droite, faite par un des meilleurs professeurs de chirurgie de la ville. Malheureusement, c'est après l'opération que tout se gâta. En effet, au lieu de lui mettre des attelles et un bandage un peu souple, l'infirmière lui mit un bandage bien serré, qui déforma les doigts de la main droite. On pouvait imaginer la forme du pansement en observant le majeur et l'annulaire, qui avaient pris la forme d'un S, alors que la dernière phalange de l'auriculaire formait un angle droit avec le reste du doigt, qui perdait par la même occasion la fonction que suggérait son nom puisqu'il n'était plus possible de se l'introduire dans le conduit auditif, vu la largeur de la phalange.

Toute sa vie, Maman eut honte de ses doigts, mais cela se remarqua particulièrement lors de son séjour en maison de retraite, car, ne pouvant plus se couper les ongles elle-même, elle refusait pourtant de recourir aux services de l'aide-soignante qui lui proposait gentiment de les lui couper. Alors, c'est à moi qu'elle demandait ce service, car elle n'avait pas honte quand je lui servais de manucure.

Et gare à celui qui demandait à haute voix : « *Mais qu'est-ce qui vous est arrivé ?* ». Il avait droit alors à l'histoire complète, avec en prime le nom du chirurgien, un nom que j'ai oublié mais qui rimait sûrement avec fiasco.

Le travail était pénible, mauvais pour la santé, et mal payé. Maman se plaignit auprès du comptable :

« Vous nous avez retenu de l'argent pour les prestations sociales. Vous auriez pu les payer pour nous.

— Ah toi, Joséphine, tu es un peu trop révolutionnaire. »

Elle fut très impressionnée par cette manifestation de culot, moment unique dans sa vie, car elle a raconté cette histoire jusqu'à la fin de sa vie, toujours dans les mêmes termes.

En revanche, cela n'avait pas dû traumatiser les patrons puisqu'un jour, l'un d'eux, M. Claude Dellerba (orthographe non garantie) vint voir Joséphine et lui annonça que sa femme allait ouvrir une parfumerie, en face du lycée Masséna, en bordure du vieux Nice, mais dans un quartier acceptable, au bord d'une large place. Sa chère et tendre avait besoin d'une vendeuse qui présentât (imparfait du subjonctif car nous sommes dans la bonne société…) bien et qui eût assez de jugeote pour faire tourner la boutique quand elle s'absenterait.

Le salaire proposé était légèrement meilleur, l'environnement incomparablement plus sympathique, l'air vraisemblablement moins vicié, encore qu'à l'époque, certaines crèmes de beauté aient pu rivaliser en toxicité avec des produits chimiques. L'odeur de parfum valait mieux que celle du DDT. Et puis il y avait le contact avec les clientes, plus intéressant que la vision constante du tapis roulant qui apportait les pièces et les emportait une fois montées, vers leur destin.

Quant aux horaires, ils étaient plus humains, la parfumerie

ouvrant ses portes plus tard que ne débutait le travail en usine. Et le trajet de la maison au magasin était notablement plus court, ce qui ne gâchait rien.

Dans cette famille de gens laborieux, il était impensable de faire la grasse matinée alors que tout le monde se levait tôt pour aller au boulot, mais au moins, on n'avait pas besoin de se presser.

La parfumerie de Mme Dellerba

Fifi passa ainsi de l'industrie au commerce. Quittant le dieu Vulcain, elle passait sous la protection de Mercure, dieu des commerçants et des voleurs. Certaines mauvaises langues prétendent qu'il y a peu de différences entre les deux professions, même si les méthodes diffèrent un peu.

Elle prit sa place derrière le comptoir, ne la quittant que pour conseiller les clientes dans leur choix. Mme Dellerba, en négociante avisée, avait choisi Fifi aussi pour sa peau jeune et tendue, qui ignorait tout maquillage. La jeune fille avait d'ailleurs bien compris la technique de vente. Lorsqu'une cliente ayant subi les outrages du temps la complimentait sur son teint et lui demandait quelle crème elle utilisait, l'avisée jeune fille amenait sa cliente au rayon où se trouvait le pot le plus cher, et la dame, qui voulait retrouver sa peau de 16 ans, achetait le produit sans sourciller. La vendeuse, elle ne croyait pas en la vertu de ces crèmes et n'en utilisait aucune.

Fifi ne croyait pas en l'efficacité des crèmes car, même à la maison de retraite, elle nous a souvent parlé des femmes qui se mettaient tous ses produits gras et chers sur le visage, et se ruinaient ainsi pour un maigre résultat.

Comme elle parlait au présent, on lui faisait remarquer qu'en soixante-quinze ans, les formules avaient évolué, et que les produits, même s'ils n'avaient pas perdu de leur cherté, s'étaient bien affinés. Autrement dit, les belles d'aujourd'hui ne se beurraient plus la tartine, comme elle le suggérait. Mais Fifi, devenue Maman, n'acceptait pas ces arguments qu'elle écartait d'un geste de la main. La crème gardait sa teneur en matières grasses, et *basta* !

Un jour, un jeune homme, lycéen du lycée Masséna, traversa l'esplanade pour venir jeter un coup d'œil dans la boutique. Nul ne sait aujourd'hui pourquoi Roger, tel est son prénom, avait tenté l'aventure,  mais le fait est que, tel le poisson mordant à l'hameçon, il fut pris. Pourtant, Joséphine devait être timide. Quant à Roger, moi qui l'ai connu, j'ai du mal à l'imaginer entreprenant. Toujours est-il qu'ils se virent, qu'ils se plurent, et qu'ils vécurent heureux et eurent beaucoup d'enfants, six garçons pour être précis.

Ces deux personnes pudiques ne nous ont jamais raconté comment s'était passée la rencontre, encore moins ce qu'ils avaient pu se raconter. On aurait pu imaginer que le garçon était venu acheter un cadeau pour sa mère. Pas pour la fête des Mères, qui ne serait lancée que plus tard par le Maréchal Pétain, le héros de la chanson "Maréchal nous voilà".

Pourtant, il est difficile de croire que le jeune homme ait pu posséder le moindre franc, étant donné que sa mère tenait les cordons de la bourse d'une main de fer et surveillait de près les dépenses de son fils de même que celles de son mari, chef de bataillon à la retraite et ancien héros de la Première Guerre mondiale, deux fois blessé et plusieurs fois cité, dont une fois par le roi des Belges.

Cette femme qui portait le doux prénom de Lucie, fille de

droguistes parisiens installés dans la rue Galande, sur la rive gauche de la Seine, avait vécu le suicide de sa grand-mère, qui s'était noyée à l'annonce de l'arrivée des Allemands, celui de son frère, qui s'était jeté par la fenêtre pour cause, disait-on, d'homosexualité mal assumée. Elle avait aussi enterré son premier mari, Maurice Croin, un officier qui, trois mois à peine après son mariage, avait eu la mauvaise idée de mourir à la guerre de 14, au champ d'honneur, tué lui aussi par les Allemands. Elle avait épousé en secondes noces un officier supérieur, Georges Meunier, deux fois blessé par les Allemands, mais chaque fois retourné au front. Cet homme courageux, d'une distinction exemplaire, portant la moustache et le lorgnon comme pas deux, avait épousé cette jeune veuve appétissante sans doute et de plus éplo-

rée. Il avait su la consoler. Et neuf mois jour pour jour après les noces et la nuit correspondante, Mamie, c'est ainsi qu'elle voulait qu'on l'appelât, donnait naissance, à Auxerre, au petit Roger Maurice Georges, enfant œcuménique puisqu'il unifiait, par son deuxième et son troisième prénom, les deux maris successifs de sa mère, de plus, dans l'ordre chronologique. On peut se poser des questions sur le bon goût de sa mère dans le choix de ses prénoms,

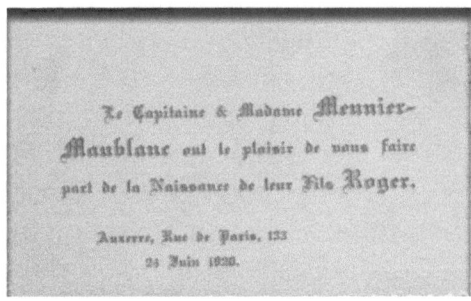

mais il n'a jamais paru en souffrir. Ce que l'on sait, en revanche, c'est qu'il n'a pas ri tous les jours, entre ses deux parents. Il suffit de regarder les photos assez nombreuses qui nous ont été léguées, et qui le représentent le plus souvent entre ses deux géniteurs. C'est d'ailleurs, disait Joséphine, parce qu'il s'était copieusement ennuyé dans sa jeunesse qu'il avait voulu avoir autant d'enfants autour de lui.

Son éducation avait été sévère. Mamie racontait que quand il allait, enfant, avec elle à la pâtisserie, il pouvait avoir le nez dans la crème des gâteaux sans qu'il ne réclamât rien.

On ignore tout des études de Georges Meunier, son père,

mais on sait avec certitude que Mamie avait son brevet, ce qui était plutôt rare à l'époque chez les filles. On sait aussi qu'elle maniait le crochet, qu'elle avait appris à jouer du piano, comme toutes les filles de bonnes familles, et qu'elle savait tricoter. D'ailleurs, comme les dames patronnesses de la chanson de Brel, elle tricotait pour les pauvres de la paroisse de Saint-Pierre d'Arène, dans le quartier chic de Nice, à un jet de pierre vigoureux du Négresco.

On peut supposer qu'à l'époque, Roger et Joséphine ne planifiaient pas les naissances qui ne manqueraient pas de survenir après leur mariage.

Celui-ci promettait d'ailleurs d'être œcuménique, lui aussi. En effet, il était difficile de penser que le fils unique d'un officier supérieur et d'une héritière de commerçants parisiens aisés pût envisager ne serait-ce qu'un instant de convoler avec la huitième fille d'une famille d'immigrés italiens, que d'aucuns qualifiaient à l'époque de macaronis.

On ne sait trop comment ils s'y prirent pour arriver à leurs fins. La résistance de la rue Guiglia, Palais Alsace Lorraine, fut sans doute vigoureuse. La fiancée fut avertie par l'éventuelle future belle-mère que si Roger l'épousait, il ne recevrait rien de ses parents. Le futur beau-père, lui, ne fit aucune remarque désobligeante. Il accepta très vite Joséphine comme future bru. Mais à première vue, il semblait ne pas avoir grand-chose à décider dans le ménage. On m'a même raconté qu'un jour, il avait voulu me faire un petit cadeau, alors que j'avais 2 ans, mais qu'il avait dû y renoncer, n'ayant pas d'argent sur lui.

Le mariage ne put pas avoir lieu tout de suite, la guerre arrivant alors que Roger venait d'avoir 19 ans, ce qui allait l'empêcher de faire ses études après le baccalauréat. Il fut  enrôlé de force dans les chantiers de jeunesses, ce qui lui permit de connaître les puys d'Auvergne et la vie en communauté avec d'autres victimes de son espèce. Il fut même mis quelque temps aux arrêts pour avoir détourné des tickets de rationnement pour la Résistance, et fut ensuite expédié en Autriche dans le cadre du STO, ce service du travail obligatoire qui promettait, sans trop tenir ses promesses, le retour d'un prisonnier de guerre français pour tout jeune envoyé.

Il se retrouva donc dans la patrie d'Adolf Hitler, la douce Autriche, et celle également de Conchita Wurst, la chanteuse à barbe qui a remporté le concours Eurovision de la chanson en 2014. On est passé ainsi de la moustache à la barbe.

On pourrait se demander ce qu'Adolf aurait pensé de Conchita, qui aurait au minimum été interdite comme représentante de l'art dégénéré, voire déportée comme homosexuelle, avec une étoile rose pour décorer sa poitrine, avant d'être gazée.

Roger, lui, se retrouva bien vite dans une usine métallurgique de la banlieue de Vienne. Il y apprit quelques rudiments de la langue de Goethe : « schnell, Arbeit, verboten » et autres formules plus pratiques que poétiques. En hiver, transportant le métal sans gants, il eut la surprise de découvrir que la peau des mains collait aux poutrelles. Il écrivit quelques vers pour sa bien-aimée, fit quelques dessins pour elle. Plus prosaïquement, il connut au moins une Gretchen, et se trouva, un beau jour de 1945, libéré par des Mongols soviétiques, et amené vers Odessa, où il put tremper son derrière dans la Mer noire. Il attendit plusieurs semaines la venue d'un bateau destiné à le ramener à Nice, en passant par le Bosphore. Mais il ne connut jamais les joies de la croisière. C'est en partie en train, en partie à pied, selon le bon vouloir de ses libérateurs, qu'il rentra à Nice où, finalement, il retrouva Papa Georges, Maman Lucie et surtout sa fiancée, Joséphine, qu'il put enfin serrer dans ses bras, et qu'il n'épousa que le 19 juillet 1946. Moins précis que ses parents, ce n'est que 10 mois et quelques jours plus tard qu'il fut père.

En attendant ce jour béni, tandis que Roger respirait l'air de l'Auvergne, avant d'aller apprendre la valse viennoise, Joséphine, elle, tenait la parfumerie de Madame Dellerba.

Même en temps de guerre, les affaires continuèrent au milieu des flacons de parfums et des pots de crèmes. Les belles qui avaient encore de l'argent, les soldats italiens qui occupaient Nice, leur ancienne possession, puis leurs homologues allemands se succédèrent.

M. Robert, un ami de la famille Dellerba, venait pratiquement tous les jours. Comme il était Juif, tout le monde le mettait en garde, craignant qu'il ne soit un jour raflé et expédié dans un camp. Il était d'ailleurs tout à fait conscient du danger car il entrait en coup de vent, le foulard cachant le bas de son visage, tel un conspirateur de théâtre, et disait immanquablement : « Fermez vite, Joséphine. Je crois que je suis suivi. » Ceci lui valait automatiquement la remarque. « Mais, Monsieur Robert, restez chez vous, vous allez finir par être arrêté. »

Ainsi, jour après jour, Monsieur Robert revint, brava l'ennemi, et ne fut jamais arrêté, exerçant ainsi une forme de résistance à l'ennemi.

La guerre s'éternisait, et avec elle, les privations. La famille Pisoni était privée de ses deux garçons, tous les deux peintres en bâtiment, mais momentanément en villégiature en Allemagne, dans un camp de prisonniers de guerre, du côté de la Prusse orientale. Leur salaire manquait cruellement. Pourtant, tous les membres restant travaillaient, mais pour un salaire de misère. On était bien obligé de se contenter de ce que les tickets de rationnement offraient, quand ils offraient quelque chose. À cette époque, tout le monde était svelte. Il n'y avait pas d'obèse, chacun étant condamné à suivre le régime national.

Et c'est dans ce contexte qu'un jour, alors qu'elle était seule au magasin, Joséphine découvrit un sac sous le comptoir. Intriguée, elle jeta un coup d'œil à l'intérieur et n'en crut pas ses yeux : il lui semblait avoir vu des pommes de terre. Un ventre vide peut-il provoquer des hallucinations ? Vous avez sûrement vu, dans certains dessins animés, des chiens affamés qui voyaient leur maître sous la forme d'une saucisse ? Elle rejeta donc un nouveau coup d'œil, qui lui confirma bien la présence de ces tubercules introduits en France par Parmentier.

Elle se posa la question de savoir si elle pourrait soustraire quelques pommes de terre de ce sac, sans que sa patronne ne s'en rende compte. Mais ce n'était pas si simple. Elle ne se voyait pas manger une ou deux tubercules crus, comme ça, sur un coin de comptoir. Si elle en prenait, il faudrait bien les faire cuire. Et où donc, s'il vous plaît ? Dans cette parfumerie, il n'y avait pas de coin cuisine. Elle ne se voyait pas non plus faire cuire ces légumes sur un feu d'alcool, sans réchaud et sans récipient. Non, il n'y avait qu'une seule solution : les apporter à la maison. Oui mais alors, comme il n'était pas pensable de les préparer en cachette, il fallait bien en apporter assez pour remplir un certain nombre de ventres. Et il s'agissait de ventres affamés, de ceux donc, à en croire le proverbe, qui n'ont pas d'oreille, et à qui on aurait du mal à expliquer qu'on n'avait pu en soustraire qu'une demi-douzaine. D'ailleurs, ces pommes de terre étaient de taille moyenne, et comme ces estomacs avaient un retard de calories important, ils réclameraient leur dû.

Le mieux était peut-être de ne rien dire à la maison. D'ailleurs, sa patronne viendrait sûrement chercher le sac dans la journée, et alors… Il valait mieux l'oublier tout de suite.

Mais même si ventre affamé n'a pas d'oreille, il en a d'autant plus de mémoire. Rien qu'à la pensée de pommes de terre rissolées dans l'huile, ou même en robe des champs, épluchées et surmontées d'un morceau de beurre qui fondait à la chaleur, les entourant voluptueusement d'une vague jaune appétissante, l'eau lui venait à la bouche. Elle s'attendrissait devant ce spectacle qui se déroulait pour elle seule dans son esprit. Son estomac s'émut à cette pensée et elle ressentit une forme de crampe dans la région correspondante.

Le soir arriva, et Madame Dellerba lui téléphona qu'elle était retenue, et qu'elle pouvait fermer le magasin et rentrer chez elle. Après un dernier regard langoureux sous le comptoir, elle se résolut à reprendre le chemin de son domicile, où l'attendaient des ventres vides, mais qui, ignorant qu'on aurait pu les remplir, ne pouvaient ressentir aucun regret.

Arrivée à la maison, elle se retrouva devant le menu habituel : un jour rutabagas, un jour topinambour, des tubercules dont le nom seul aurait dû faire rêver. En effet, le dictionnaire précise que le nom "topinambour" vient d'une peuplade d'Indiens du Brésil, alors que celui du "rutabaga" vient du suédois et signifie "chou-rave", ce qui est moins exotique, certes. En revanche, ce même dictionnaire précise également que les deux légumes sont avant tout destinés à l'alimentation des animaux, et plus rarement des humains.

Les estomacs étaient peu accessibles à l'exotisme. Ils voulaient simplement être remplis. Le topinambour causait en plus des ballonnements, mais son goût rappelait très vaguement celui des artichauts, des légumes dont on n'avait plus vu la moindre feuille depuis des mois.

Devant la misère des assiettes et la tristesse des visages, Joséphine ne put s'empêcher de se demander comment sa famille réagirait si elle parlait du sac de pommes de terre. C'était vraiment trop bête de passer à côté d'une telle oc-casion. Mais une fois les ventres pleins, ceux-ci auraient peut-être du mal à retourner à leur volume habituel. Et puis, que raconterait-elle à sa patronne lorsque celle-ci aurait constaté la disparition du sac ? Si elle l'avait mis sous le comptoir, c'est sans doute que quelqu'un le lui avait apporté, et qu'elle comptait l'emporter avec son mari, qui viendrait la chercher avec sa voiture. Il était impossible que sa patronne ait oublié la présence des pommes de terre dans son magasin. C'était un coup à se faire mettre à la porte sans attendre, pour vol ou abus de confiance. Encore que, devant la police, il aurait été difficile d'expliquer la provenance de ces pommes de terre qui ne pouvaient avoir été acquises que par les miracles du marché noir, qui était bien sûr interdit. « Mais interdit à qui ? » lui soufflait son petit lutin intérieur.

À la fin, elle n'y tint plus et cracha le morceau : il y avait un sac de pommes de terre à la parfumerie, et elle avait la clé de la porte.

Tous se regardèrent, et il se forma illico un commando pour

aller récupérer le fameux sac, malgré le couvre-feu qui interdisait toute sortie nocturne. Cependant, la parfumerie n'était pas loin, et tout le monde connaissait bien les ruelles mal éclairées du Vieux-Nice. Et puis, le jeu en valait la chandelle, si on peut dire dans ce cas où l'on était protégé par l'obscurité.

Le groupe se mit en route, équipé de plusieurs paniers, pour répartir les risques. On partirait à quatre, et on reviendrait en deux groupes de deux personnes revenant par des chemins différents. Comme quoi la faim n'empêchait pas de réfléchir, bien au contraire.

Ces quatre filles craintives, qui n'auraient pour rien au monde mis le nez dehors la nuit, dans l'obscurité, dans un quartier infesté de rats, à la merci d'une mauvaise rencontre, ou d'une patrouille impitoyable en période de couvre-feu, partirent, guidées, telles les rois mages, par une étoile en forme de pomme de terre, que chacune distinguait avec les yeux de l'esprit.

Elles arrivèrent rapidement au magasin, ouvrirent la porte et se réfugièrent à l'intérieur, où elles se sentirent en sécurité. Elles n'osèrent pas allumer la lumière, à cause du couvre-feu. Mais leurs jeunes yeux, sans doute écarquillés pour mieux voir les tubercules, secondés de mains rapides et tâtonnantes, découvrirent bien vite le sac, qui fut réparti sur les quatre paniers. Elles firent bien attention de ne pas laisser traîner de pomme de terre derrière elles, et le groupe ressortit, se scinda en deux et, par deux chemins distincts mais convergents, se reconstitua à la maison.

Les pommes de terre furent bouillies dans leur peau, puis

débarrassées de leur robe, assaisonnées autant que les conditions le permettaient, et furent dévorées avec un appétit, vérifiant ainsi le dicton allemand qui prétend que *la faim est la meilleure des sauces*.

Ce fut un repas mémorable, d'autant plus qu'il avait été inattendu. Il resta bien quelques pommes de terre pour le lendemain, mais seulement parce que chacun s'était rempli le ventre à s'en faire péter la sous-ventrière. Cela faisait des mois que les estomacs n'avaient plus été remplis de la sorte, et une sensation de satiété que l'on aurait pu croire oubliée pour toujours avait envahi ces ventres habitués à n'être remplis qu'à moitié.

Le lendemain matin, l'atmosphère fut moins enjouée. D'abord, les estomacs fatigués par une quantité de travail devenue inhabituelle, avaient dû faire des heures supplémentaires pour venir à bout de ce tas de pommes de terre. Quant au cerveau de Joséphine, il tournait à pleine puissance : comment expliquer à Madame Dellerba la disparition de son sac de patates. À une époque où tout le monde avait faim, on ne pouvait pas imaginer un instant qu'elle aurait oublié la présence des tubercules. Quant au nombre des gens susceptibles de l'avoir fait disparaître en douce, il était limité : Madame Dellerba, Joséphine ou, bien sûr, un client indélicat. Mais nul besoin d'être un grand criminologue pour innocenter tous les clients, étant donné qu'ils n'avaient aucun moyen de connaître l'existence ni le contenu de ce sac. À moins d'aller fouiller sous le comptoir, ce qu'il serait difficile de faire en toute discrétion, vu le volume du sac, son poids et l'impossibilité de le camoufler dans une poche, ou dans un sac à main, ni vu ni connu.

Joséphine échafauda toutes sortes de plans, mais aucun n'était satisfaisant. De l'élimination de la patronne pour éviter toute réaction, à la fuite sans laisser d'adresse de l'employée rien ne convenait. Elle décida de ne rien dire, de jouer les innocentes : « Un sac ? Quel sac ? Un sac à main ? » Après tout, elle n'était pas censée en connaître l'existence. Et à l'époque, il n'y avait pas encore de caméras miniatures destinées à espionner les employées. Donc, Madame Dellerba ne pourrait produire aucune preuve. Mais on ne pourrait pas dissiper les doutes.

Quand Joséphine arriva au magasin, Madame Dellerba était déjà là. Mais elle semblait de bonne humeur. Elle ne fit aucune allusion au fameux sac, et la journée se passa sans le moindre frottement. On pouvait penser que la patronne avait oublié l'existence des pommes de terre. Il fallait croire qu'elle avait suffisamment à manger chez elle, et qu'elle n'était pas à un sac près. La fin de la semaine arriva sans que les pommes de terre ne fussent évoquées. Pourtant, Joséphine était tourmentée par sa conscience. Elle n'aimait pas mentir, même pas par omission. N'y tenant plus, elle avoua à Madame Dellerba que c'était elle qui avait pris le fameux sac pour sa famille qui souffrait abominablement de la faim. La patronne lui demanda de quel sac il s'agissait. De nos jours, on dirait qu'elle souffrait d'Alzheimer, mais en réalité, elle avait si peu besoin de ces pommes de terre qu'elle avait cessé d'y penser. Joséphine évoqua donc les tubercules. Elle vit bien à la mine incrédule de sa patronne que celle-ci avait du mal à se rappeler le sac. Et puis, tout à coup, son regard s'éclaira, comme si une lampe s'était allumée à l'intérieur de sa tête. « Ah, ces pommes de terre là ! Mais tu as bien fait, Joséphine. D'ailleurs, je voulais t'en faire cadeau ! »

Joséphine réussit à balbutier un « merci Madame ! » teinté d'incrédulité. Mais Madame Dellerba lui parla tout de suite d'une livraison de savonnettes parfumées qu'elle attendait pour bientôt, et pour laquelle il allait falloir faire de la place sur les rayons.

Jamais Madame Dellerba n'évoqua plus l'aventure des patates. Mais jamais plus elle n'en fit livrer dans son magasin. Joséphine s'en sortait bien : elle avait eu non seulement les patates, mais encore l'argent et le sourire de la parfumeuse.

On s'approchait tout doucement de la fin de la guerre. Les soldats italiens avaient fait place aux Allemands, avec leur célèbre méthode pour draguer : « *Voulez-vous Mademoiselle promenade bicyclette ?* » Mais même dans un pays où le vélo est nommé « petite reine », cette attaque primitive était rarement couronnée de succès. Et Joséphine, qui avait son Roger dans la tête, mais aussi dans le cœur, n'était pas du genre à suivre cette invitation.

Bientôt, les soldats canadiens remplaceraient leurs homologues allemands. Mais tous ces soldats avaient des raisons communes pour visiter la parfumerie : le petit cadeau, produit du luxe made in France, pour la fiancée restée au pays, ou la tentative de séduction de la vendeuse. Cela pouvait bien aussi être pour les deux raisons.

Petit à petit, les prisonniers de guerre encore en vie revinrent, ainsi que les victimes du STO. Les mères et les pères retrouvèrent leur fils, les femmes leur mari, les fiancées leur promis. La vie reprenait ses droits.

Les tickets de rationnement étaient toujours là, et le relâchement général n'était pas encore d'actualité, mais l'espoir de lendemains qui chantent était revenu.

Roger débarqua au terme d'un long périple à la gare Thiers de Nice. Il y retrouva ses parents, et sa fiancée. Il faisait partie d'une génération particulièrement frappée par cette guerre. Âgés de 19 ans au début de la guerre, de 24 ans à la fin, ces jeunes avaient été privés de leur formation ou de leurs études. Il fallait rattraper le retard, dans la mesure du possible.

D'abord attiré par l'armée, comme son père, il se dirigea

vers une carrière militaire.

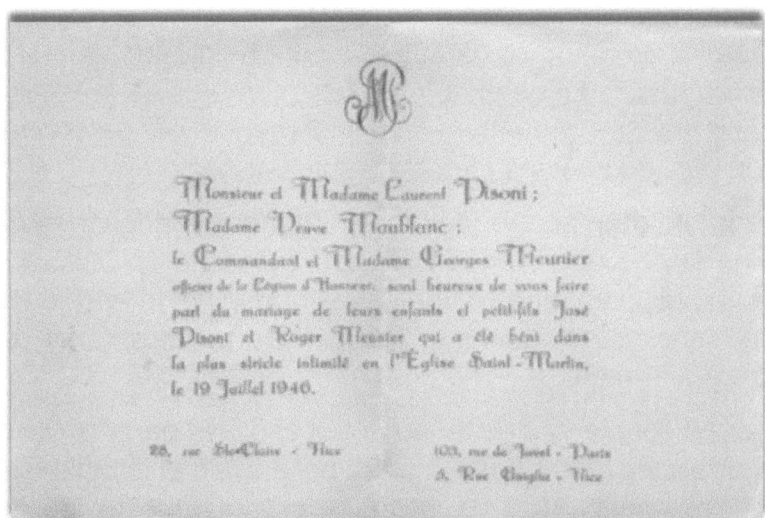

Le 19 juillet 1946, Meunier Roger, Maurice, Georges épousa Pisoni Joséphine. L'adjoint au maire Joseph Martin signa le livret de famille portant le numéro 1329. Le jour du mariage, le Sergent Meunier Roger, Maurice Georges, fils de Meunier Georges, Louis, Alphonse et de Maublanc Lucie, Antoinette, son épouse, est basé officiellement à Hyères, dans le Var. La mariée, Pisoni Joséphine,

exerçant la profession de vendeuse caissière, fille de Pisoni Laurent et de Cossu Catherine, demeure, elle, à Nice.

La famille du marié se caractérise par une grande richesse en prénoms. Chacun en a trois. Les membres de la famille de la mariée se contentent d'un seul prénom par personne. Chez eux, ce sont les membres qui sont nombreux.

Une photo du mariage, qui accompagnera Maman jusqu'à la fin, montre une mariée radieuse, un marié en uniforme sérieux, accompagnés d'une nièce fournie par la famille Pisoni, sans doute Monique, l'aînée des petits enfants de notre grand-mère.

Le jeune couple va habiter au début chez les parents Meunier. Mais les frottements entre la belle-mère et la belle-fille sont constants. Ainsi, la belle-mère veut faire le lit des jeunes mariés, peut-être pour contrôler ce qui pourrait bien s'y passer. La belle-fille refuse énergiquement. Sa sœur jumelle d'abord, sa belle-mère ensuite, lui gâcheront la vie, même au-delà de leur mort.

PARIS

Petit séjour parisien

Nous manquons cruellement de détails sur cette époque. Un stage prolongé du jeune marié à Paris amène le jeune couple dans la capitale. Le premier enfant est en route, et le jeune couple va remplacer un certain temps la Tante Cécile, née Meunier, et épouse Boudou, concierge rue des Panoyaux, dans le XXe arrondissement, à deux pas du Père Lachaise. Maman se souvenait des gens qui rentraient tard le soir, alors que la porte d'entrée de l'immeuble était fermée. Ils demandaient « Cordon, s'il vous plaît ». Les concierges opéraient alors de leur lit. Il suffisait, dans un demi-sommeil, de tendre le bras, d'attraper le cordon et de tirer dessus. En passant devant la loge, la personne nommait l'étage auquel elle se rendait.

Les concierges recueillaient aussi le courrier de l'immeuble et le distribuaient aux locataires. La concierge, ou le concierge, devait aussi nettoyer les escaliers. Une bonne concierge était très informée sur ses locataires. Elle surveillait les visiteurs, jetait un coup d'œil sur les destinataires et les expéditeurs de lettres, et n'hésitait pas, quand le cas se présentait, à lire les cartes postales. Le secret du courrier passait bien après l'intérêt qu'elle montrait à s'informer sur les gens, pour des raisons de sécurité des locataires, évidemment. D'ailleurs, les policiers qui voulaient s'informer sur quelqu'un passaient forcément par la concierge.

La tante Cécile n'était pas la seule famille du jeune couple, à Paris. Il y avait aussi Marie-Louise Maublanc, la mère de Lucie Meunier, qui avait, avec son mari Édouard Maublanc, tenu une droguerie rue Gallande, proche du Quartier Latin. Sa propre mère, elle, avait un magasin de vins et spiritueux dans la même rue. Cependant, comme nous l'avons vu, elle est morte avant l'arrivée des Allemands.

Pépé, Mémé de Paris, Mémé, Roger

Cette arrière-grand-mère, que nous appelions « Mémé de Paris », avait essayé de mener une vie de famille avec sa fille Lucie, mais sans grand succès. Après un séjour prolongé à Nice, elle était rentrée à Paris. Elle vivait dans le 15e, rue de Javel, et invitait Papa et Maman, sa famille, à manger le dimanche.

Plus tard, pour Noël, elle nous envoyait un cadeau commun, un mandat de cinq francs à nous partager en quatre. Le facteur montait les cinq étages, remettait les cinq francs à Maman qui les lui rétrocédait comme pourboire. Elle lui avait demandé d'encaisser directement les cinq francs et de ne pas monter pour rien. Mais bien sûr, le facteur ne pouvait pas tout simplement encaisser l'argent. Il fallait bien qu'il le remette en mains propres, quitte à le redescendre dans sa poche, avec la bénédiction expresse du destinataire.

Bien entendu, nous devions rédiger une lettre de remercie-ments pour le magni-fique cadeau.

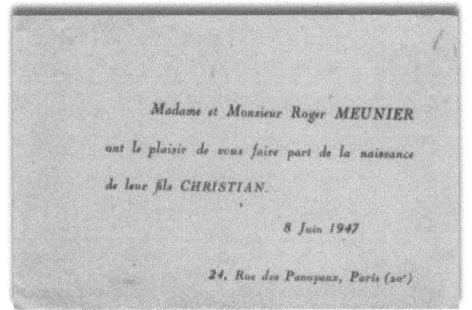

Madame et Monsieur Roger MEUNIER
ont le plaisir de vous faire part de la naissance
de leur fils CHRISTIAN.

8 Juin 1947

24, Rue des Panoyaux, Paris (20e)

Mais revenons à nos moutons. Une fois la tante Cécile rentrée chez elle, le jeune couple dut aller s'instal-ler dans un hôtel. Le sept juin, les deux amoureux allèrent voir un film d'épouvante au cinéma, et le huit, à 18 h 30, naissait le premier enfant, en un mot, moi. Ceci se passa à l'hôpital Boucicaut, dans le 15e arrondisse-ment, rue de la Convention. Cet hôpital, dû à la générosité du fondateur du Bon Marché, le modèle du Bonheur-des-Dames de Zola, a été récemment démonté.

Lorsque l'on raconte à des jeunes que l'on habitait, étant bébé, à l'hôtel, ils croient que l'on faisait partie d'une famille riche. Or, juste après la guerre, bon nombre de couples n'avaient pas accès à un appartement, ceux-ci étant trop rares et trop chers pour un salaire moyen. Il ne restait donc plus que la solution d'aller à l'hôtel, de préférence un hôtel pas trop cher. Le confort était à l'avenant : pas de douche, une baignoire pour tout l'étage. À l'époque, les couches n'étaient pas jetables. Il fallait les laver, et comme les ma-chines à laver n'existaient pas pour le grand public, et en-core moins à l'hôtel, il fallait laver les couches à la main, dans la salle de bains commune, si possible à l'insu de l'hô-telier, qui aurait râlé parce que cela augmentait sa facture d'eau et celle d'électricité.

Enfin, la Mémé de Paris avait un arrière-petit-fils dont elle pouvait profiter. Les enfants suivants, elle ne les a jamais vus autrement qu'en photo.

Maman, Christian, Mémé de Paris   Mémé de Paris, Christian

NICE

Le stage terminé, le jeune couple retourna à Nice. Il prit une chambre d'hôtel à la rue Reine Jeanne, juste derrière la gare, tout près des voies. On entendait circuler les trains, ce qui aurait empli d'aise Emile Verhaeren, le poète des gares et de l'industrie, mais qui empêchait les gens de dormir correctement.

Roger entre à la banque

Roger avait tenté sa chance dans la banque. Bachelier, il avait trouvé un poste à la BNCI, la Banque Nationale pour le Commerce et l'Industrie, qui devait devenir plus tard la BNP, puis BNP-Paribas. Il y passa et y réussit tous les examens possibles. Mais comme Maman disait, étant donné qu'il n'était pas pistonné, il n'était pas arrivé à monter les degrés qui mènent aux étages supérieurs. Mais à cette époque-là, il était encore plein d'espoir. Il était même devenu syndicaliste au sein de la CGT-Banque, ouvrant la voie à ses deux derniers fils, Georges et Yves, qui allaient eux aussi s'engager, bien plus tard, dans le syndicalisme.

Le 21 janvier 1949 naquit un deuxième enfant, qui mourut à la naissance. Le livret de famille précise, en guise de prénom : enfant présentement sans vie (sexe masculin). À l'époque, il n'y avait pas encore de prévention, ni d'échographie ou de suivi des grossesses. Étant donné qu'on n'hésitait pas à avoir beaucoup d'enfants, un peu comme les lapins dont parlait récemment le pape François à propos des catholiques, on n'était pas à un enfant près. Je n'ai jamais parlé avec Maman de cet enfant mort-né, qui n'avait eu droit à aucun prénom. Tout ce que je sais, c'est qu'il aurait dû s'appeler Gérard, et qu'il reposait à Nice, dans le caveau familial, au cimetière de Caucade. Le pauvre ne sera né que pour être enterré. J'ai quelquefois une pensée pour lui quand je pense à la vanité de l'existence, qui revient un peu au même, que l'on soit mort-né ou centenaire, puisque tout s'efface, comme la mémoire d'un ordinateur que l'on éteint.

Faire-part de naissance de Gérard

Je dus attendre le premier avril pour avoir un petit frère, qui naquit à la clinique Sainte Geneviève, à Nice. Lui aussi eut droit, selon la tradition familiale à un faire-part de naissance. Les adresses indiquées sont assez peu claires. Le 5 rue Guiglia est l'adresse de notre grand-mère, l'immeuble s'appelant Palais Alsace-Lorraine, et la rue Reine Jeanne correspond à l'adresse de l'hôtel dans lequel nous demeurons, en attente d'un véritable appartement.

Et un jour, le rêve devint réalité. Nous eûmes enfin droit à un appartement, un deux-pièces situé au cinquième étage d'un immeuble sis au 47 de l'avenue Cyrille Besset, dans le quartier Saint-Barthélemy, au cinquième étage.

Je n'ai que des souvenirs flous de cet appartement. J'en ai vu des photos, ce qui fait que les images qui me reviennent peuvent aussi bien être des souvenirs de photos que des réminiscences de la réalité.

Il y avait une chambre « parentale » plutôt minuscule, au fond de l'appartement, dans laquelle il y avait un lit, une commode, et sans doute une armoire.

À gauche de l'entrée de cette pièce, il y avait une salle d'eau, ou une salle de bains, dont je n'ai pas le moindre souvenir. Comme elle ne présentait aucun intérêt pittoresque, il n'en a été fait aucune photo.

Devant se trouvait la salle à manger, elle aussi de modestes dimensions. Il y avait sur le côté gauche un lit muni d'un cosy, dans lequel j'ai dormi pendant des années. Il pouvait y avoir une table de salle à manger avec des chaises, mais je ne pourrais pas le jurer. Il y avait aussi une cuisine, dont je ne me souviens pas vraiment, mais je me rappelle la table sur laquelle il m'est arrivé de faire des devoirs plus tard. Il y avait sans doute des toilettes.

Gérard et Christian

En revanche, je me souviens très bien de l'ascenseur, que l'on avait le droit de prendre pour monter, mais pas pour descendre, car les propriétaires avaient des doutes sur le fonctionnement de cet engin. Je m'en souviens pour y avoir passé plus de temps que nécessaire, car il lui arrivait fréquemment de se bloquer entre deux étages. Il fallait alors attendre l'arrivée du concierge, qui l'ouvrait au moyen d'une clé, et qui aidait les gens à sortir de la cabine grâce à une simple chaise placée à l'intérieur, et sur laquelle on montait pour se hisser au niveau de la sortie, que l'on franchissait à

Le 47 avenue Cyrille Besset

quatre pattes.

En bas, à droite de l'entrée, se trouvait à cette époque le magasin de Monsieur Isnard, qui vendait du vin au détail, dans de grandes cuves métalliques. On allait chercher ce vin avec des bouteilles vides, qu'il remplissait à un robinet situé à la base de la cuve. Il mettait un bouchon de liège sur la bouteille.

En face se trouvait l'épicerie de Monsieur Ricci, qui vendait le sucre dans des boîtes marquées un kilo, mais qui n'était jamais pleines. Quand il se faisait un café, il prenait le sucre dans une des boîtes destinées à la clientèle. Alors, selon le nombre de cafés qu'il buvait, il pouvait vous manquer entre trois et douze morceaux. Maman croyait qu'il en manquait parce que le fabricant voulait se rapprocher le plus possible du poids. Pourtant, vu la régularité des morceaux, on pouvait penser que tout avait été calculé pour que le tout fasse un kilo, le paquet étant plein.

Nos voisins du dessous méritaient aussi que l'on parle d'eux. Les L., dont je tairai le nom pour ne pas indisposer les membres de cette famille qui pourraient lire ces lignes. Le père ne travaillait pas. Il avait bien mis sur sa porte : « Luc de Corte, journaliste pigiste », mais il ne semblait pas que ses articles soient recherchés. En fait, il vivait avec sa femme, fille d'une concierge de Nice, ses trois filles et ses deux garçons sur la même surface que nous. L'aînée, Christiane, avait le même âge que moi. C'était une jolie fille, très mature pour son âge, et qui secondait ses parents autant que faire se pouvait. La mère ne semblait pas trop se fatiguer. Telle la reine des abeilles, elle pondait. Son mari, le fameux journaliste, allait faire les commissions. Comme il avait du mal à payer, il faisait inscrire ses dépenses chez des commerçants, situés toujours plus loin de l'avenue Cyrille Besset, car comme il avait du mal à payer ses dettes, il devait aller chez des commerçants qui ne le connaissaient pas encore. Il était beau parleur, d'abord agréable, d'apparence soignée et distingué. Bref, il n'avait aucun mal à embobiner les commerçants, jusqu'au jour où la dette s'agrandissant, et prenant des proportions inquiétantes, les plus embobinés se rendaient compte de l'arnaque. Il était alors temps pour lui d'aller prospecter de nouveaux terrains, tel le ramasseur de truffes.

Il recevait de temps à autre un chèque de sa mère, ce qui lui permettait de rembourser les dettes les plus criardes, du moins, celles qu'il avait faites chez les commerçants du voisinage. Sa belle-mère, qui avait du mal à le supporter, venait souvent les filets pleins, afin de nourrir les enfants. Elle avait même conseillé à sa fille d'attendre le moment où il étendrait le linge, qu'il avait entre parenthèses lavé lui-même à la main, pour le pousser violemment et le faire tomber du quatrième. C'était tout à fait faisable, étant donné que le rebord de la fenêtre était très bas. Mais pourquoi Madame L. aurait-elle assassiné cet homme qui lui faisait beaucoup de bien, assurant les courses et le ménage, sans compter les beaux enfants ? Cela n'avait aucun sens.

Comme ils avaient en outre de la peine à payer le loyer, ils furent un jour envoyés dans un pavillon à l'Ariane, au bord du Paillon, qui n'était pas encore canalisé comme aujourd'hui. Et c'est à l'âge où les travailleurs partent à la retraite qu'il trouva un travail de magasinier pour le compte d'un grossiste du médicament. Il tint le rythme un certain temps, et mourut subitement d'une crise cardiaque. La fatigue due à ce travail tardif, sans entraînement préalable, l'avait terrassé.

Je ne me rappelle pas, aujourd'hui, ce qu'avait pu changer pour moi l'arrivée d'un petit frère. Je ne me souviens pas d'en avoir souffert, par exemple parce que j'aurais pu avoir le sentiment d'être rejeté. Je me souviens très vaguement d'avoir défendu contre mes cousines mon droit à piloter la poussette du bébé. Maman a toujours adoré les bébés. Jusqu'à quelques jours avant sa mort, elle parlait de façon enjouée aux enfants d'un ou deux ans qui venaient voir leur arrière-grand-mère à la maison de retraite. Cet intérêt s'estompait lorsque l'enfant commençait à parler correctement, sans zézayer comme les petits. Cela ne voulait pas dire que l'amour disparaissait avec, mais disons qu'il se voyait moins parce qu'il s'exprimait de façon moins visible.

On voit de nos jours des enfants qui se blottissent contre leur mère, des hommes et des femmes qui se tiennent par la main, qui se donnent des caresses en passant. Dans notre famille, comme dans beaucoup d'autres de l'époque, il y avait très peu d'épanchements de sentiments. Ceux-ci étaient réservés à l'intimité au sens strict. On n'avait aucune raison de ne pas se sentir aimé. Tout se passait tranquillement, paisiblement. Dans les familles nombreuses, quand on est l'aîné, on ne souffre pas d'être rejeté à partir du moment où les relations sont apaisées.

La vie n'étant pas un chemin bordé de roses, il faut apprendre à affronter les difficultés, les petites comme les grandes. Mais lorsque l'on entend les mères qui appellent leur grand couillon de fils « mon cœur », voire « mamour », quand on sait que les parents font tout ce qu'ils peuvent pour protéger leurs rejetons des maladies, des petits bobos, des mauvaises notes, mêmes lorsqu'elles sont méritées, des chagrins d'amour et plus encore, on comprend ce que ce débordement d'amour peut avoir de nocif pour l'éducation de quelqu'un qui n'est pas habitué à trouver des cailloux sur son chemin et qui, une fois lâché seul dans l'existence, ne sera pas capable de faire front seul. Dans notre famille, donc, on partait du principe que l'on était aimé jusqu'à preuve du contraire, et on n'avait pas besoin de se faire sucer la pomme pour cela.

Si l'on regarde le livret de famille, on voit que Maman avait eu, de 1947 à 1959, un bébé à se mettre dans les bras. Les naissances se sont succédé en 47, 49 (enfant mort-né), 50, 54, 56 et 58, sans compter une fausse couche en 61. Mais même lorsque le dernier est arrivé, le huit décembre 1957, aucun d'entre nous, du moins je le suppose, n'a jamais eu l'impression d'être délaissé. Chacun prend sa place dans la fratrie, et des liens se créent entre les enfants, qui viennent compléter ceux que l'on a tissés avec ses parents.

En octobre 1950, je commençai ma carrière dans l'éducation en intégrant le cours de Madame Acquarone. Il paraît que j'aimais tellement être à l'école que j'y restais du matin au soir, y compris à la cantine à midi et à la garderie du soir jusqu'à 18 heures. Cela arrangeait bien Maman qui avait un bébé, Gérard, dont elle devait s'occuper, sans oublier les commissions, le ménage et la cuisine. Maman avait fait des progrès après un commencement hésitant. À ses débuts en tant que maîtresse de maison, elle avait acheté, grâce à une débauche de tickets de rationnement, une daurade.

Suivant les conseils avisés de son livre, « la cuisine à Nice », elle avait préparé des pommes de terre, des courgettes et des poivrons sautés, agrémenté le tout d'un beurre au citron et au persil. N'ayant pas de four, elle avait apporté son plat chez le boulanger, qui se chargerait d'en assurer la cuisson dans son four.

Lorsqu'elle alla chercher la merveille, le cœur battant, comme toute néophyte, elle fut prise à la gorge par une odeur pestilentielle. Le boulanger lui lança un regard hostile. C'était sa daurade qui avait empesté l'air : Maman avait oublié de vider le poisson, qui, de ce fait, était devenu immangeable. Adieu poisson, légumes, tickets de rationnement et réputation.

Cette mésaventure servit de leçon, et plus jamais Maman ne se laissa surprendre. Elle apprit patiemment son métier de cuisinière, et sa nombreuse marmaille ne lui permit jamais de garder de restes. La phrase magique, lorsque vous aviez déjà mangé, que vous étiez rassasié, et que, normalement, plus rien ne pouvait rentrer, mais que Maman voulait éviter d'avoir des restes, c'était son fameux : « allez, pour finir ! », qui accompagnait le coup de louche dans votre assiette. La nourriture étant bonne, voire de premier choix, et venant du marché ou directement de chez le boucher, le charcutier ou le marchand de fromages, nous ne réussîmes jamais à grossir, malgré les efforts.

Papa et Maman, eux profitèrent plus de cette nourriture car, à partir de l'âge de 60 ans, Papa atteint presque les cent kilos, et maman dans les quatre-vingts. Il se mirent alors à faire un régime pour maigrir. Ce régime consistait à ajouter une entrée de betteraves rouges assaisonnée d'huile et de persil. Le reste du repas était comme d'habitude. Ce qui explique que leur poids est resté le même, signe que ce régime était inefficace.

Je ne me souviens pas de la qualité de la nourriture servie à la cantine, mais la faim étant la meilleure des sauces, il n'y a jamais eu la moindre réticence. Madame Acquarone faisait son travail à la satisfaction gé-

M. Dumollet et sa Dulcinée

nérale. En revanche, je m'étais pris de bec avec une autre institutrice, dans la cour de récréation. Elle m'avait fait une remarque que j'avais jugée injuste. Comme j'étais allé, la veille, chez ma grand-mère pater- nelle, dont le voisin était un ancien commissaire, j'avais menacé Made- moiselle d'Auvergne, tel était son nom, de la faire arrêter et de la faire mettre en prison par le fameux com- missaire. Bizarrement, ces menaces ne l'avaient pas intimi- dée car elle s'était mise à rire sans retenue, ce qui m'avait désarçonné. Je devais l'avoir comme institutrice deux an- nées plus tard, et, voyant que je ne l'avais pas fait arrêter, elle m'avait pardonné ces menaces et tout s'était bien passé. Outre les bâtons, les ronds, les frises que nous avions eus à faire en prévision de l'apprentissage de l'écri- ture, ce sont les fêtes de fin d'année qui m'ont le plus im- pressionné, en particulier la chanson « Bon voyage, Mon- sieur Dumollet », dansée en tenue niçoise et capeline pour les filles, et en gilet, pantalon et chapeau haut-de-forme pour les garçons. Sur la photo, je suis accompagné d'une jolie souris qui doit être grand-mère aujourd'hui.

Et n'oublions pas, étant donné notre nom de famille, le fameux « Meunier, tu dors. »

La famille Pisoni

Nous fréquentions à l'époque, outre la famille de mon père, réduite à la portion congrue, celle de ma mère, beaucoup plus riche en personnes de toutes sortes et de tout âge.

Mémé Pisoni habitait toujours au 28 de la rue Sainte Claire. Presque en face de chez elle se trouvait une maison qui avait été bombardée pendant la guerre par les Américains. Les aviateurs britanniques risquaient leur vie pour s'approcher de la cible et ne pas la rater. Leurs homologues américains, eux, préféraient bombarder de plus haut, pour que les risques d'être abattus soient moins importants. Ils privilégiaient alors la quantité sur la qualité, lâchant des chapelets entiers, espérant que l'un quelconque des projectiles toucherait le but. En revanche, ils ne se demandaient pas quels dégâts faisaient les bombes surnuméraires, qu'ils n'auraient pas eu besoin de larguer s'ils avaient bombardé comme les Anglais. La bombe qui avait détruit la maison était un projectile en surnombre, en fait destiné au sommet de la colline du château qui surplombait la vieille ville, pour détruire une DCA allemande. Mais, lancée à l'aveuglette, elle avait choisi de tomber sur cette maison, tuant les habitants. On éprouve toujours quelques difficultés à en vouloir à nos libérateurs qui nous bombardent pour notre bien.

Tonton Nini (Antoine) et tonton Jules étaient les deux descendants mâles de la famille. Tous les deux étaient des communistes populaires, purs et durs, et cégétistes convaincus.

Tous les deux avaient été prisonniers de guerre en Allemagne, et rétifs à tout arrangement avec l'ennemi. Tous les deux, enfin, étaient peintre en bâtiment. Mais tandis que Nini, à gauche sur la photo, avait une famille, à l'époque, une femme, Henriette, et une fille (Monique), son frère Jules était célibataire et vivait chez sa mère, à moins que ce ne soit l'inverse, vu que c'est lui qui apportait son salaire à la maison.

Tonton Nini

Henriette était une excellente cuisinière, une femme qui avait le cœur sur la main. Le seul problème, avec elle, c'est qu'elle postillonnait en parlant et qu'à moins d'être équipé d'un parapluie, on sortait de toute conversation mouillé, voire trempé.

L'oncle Jules était un célibataire convaincu. On disait qu'il avait fréquenté une jeune fille avant son départ pour la guerre. Mais celle-ci n'avait pas la fidélité des femmes de marins. Elle n'avait pas attendu son retour et s'était tournée vers un autre garçon qui avait le mérite d'être présent. Nous ne nous demanderons pourquoi l'heureux élu n'était pas parti pour le front. C'était sans doute un résistant. L'oncle Jules put ainsi recueillir sa mère, qui lui servit de femme pour ce qui est du ménage et de l'intendance. Pour les autres fonctions, dont celle de reproduction, il disait en riant qu'il se louait une épouse quand il en avait besoin.

L'oncle Jules aimait la musique. D'abord, en tant que musicien. Il jouait du clairon dans la fanfare de la Renaissance. Le clairon n'est pas un grand instrument avec ses cinq notes, et il faut que le compositeur du morceau qu'il doit jouer ait limité son inspiration à ces 5 notes. Ce n'est le cas que dans la musique militaire, qui prévoit des portions fondées sur les cinq notes, et où les joueurs de clairon peuvent montrer tout leur talent, et des morceaux où l'harmonie joue, alors que les clairons se taisent. L'avantage, pour le tonton, c'était qu'il se trouvait en compagnie de copains, et que, le clairon donnant soif, il pouvait aller boire quelques verres avec eux.

Mais il aimait aussi la musique en tant que mélomane, en particulier l'opéra italien, et il se rendait régulièrement à l'opéra de Nice écouter les œuvres de Verdi, de Puccini, de Bellini, de Donizetti et autres. Il y amenait parfois sa sœur Joséphine, qui adorait chanter, et qui manifesta ses dons d'interprète et la joie de pousser la chansonnette jusqu'à la fin de sa vie.

Le public populaire de l'opéra de Nice était très exigeant et ne supportait pas les fausses notes. Comme le public de cirque espérant secrètement la chute de la trapéziste, celui de l'opéra retenait son souffle tandis que le soprano gravissait les degrés dans l'air des clochettes de Lakmé ou celui de la reine de la nuit dans la Flûte enchantée, et éclatait en applaudissements si tout s'était bien passé. Mais dans le cas contraire, la chanteuse était bombardée de toutes sortes de projectiles et fuyait sous les insultes.

Tous ces communistes fêtaient les mariages, baptêmes et autres communions dans un jardin appartenant au Parti et nommé « la Tranquillité ». Tous partaient du principe que si ces cérémonies catholiques ne pouvaient pas faire de bien, elles ne pouvaient pas non plus faire de mal. Après tout, le camarade Jésus avait partagé le pain et le vin avec les autres, et prenait toujours la défense des plus faibles, donc, des prolétaires.

Tata Marie et Tonton Jacques habitaient boulevard Gambetta, pas très loin de chez nous. On passait devant l'école Saint-Barthélemy, on montait un grand escalier, et on arrivait au boulevard de Cessole, que l'on descendait jusqu'à une attraction particulière : un passage à niveau avec de vrais trains qui passaient. Juste avant la venue d'un train, une sonnerie avertissait les populations de son arrivée imminente. Une barrière descendait alors de chaque côté de la voie, empêchant les voitures de passer. Les piétons, eux, pouvaient encore franchir les rails à condition d'ouvrir un portillon. Les gens passaient jusqu'à ce que le train arrive. Si l'on se mettait à courir pour passer juste devant la locomotive, on risquait de trébucher et de tomber. Les spectateurs ressentaient la délicieuse sensation qui vous étreint lorsque, au cirque, les trapézistes passent d'un trapèze à l'autre : on craint la chute, tout en l'espérant un peu, quand même. Une fois le train passé, le garde faisait remonter les barrières, et les voitures reprenaient leur course entre le boulevard de Cessole et le boulevard Gambetta.

Marie et Jacques

Marie était la sœur préférée de ma mère. Elles avaient travaillé ensemble et s'entendaient très bien. C'était, une excellente cuisinière, sachant faire, comme sa propre mère, les farcis et les croquettes de viandes, dont, malheureusement, la recette a été perdue. Son mari, Jacques, était une crème d'homme, rescapé du génocide arménien. Sa mère était restée à Athènes, lors de leur exode, tandis que Jacques et un de ses cousins avaient poussé jusqu'à Nice. Il était ébéniste, travaillait sans compter ses heures, et revenait même, si le patron le lui demandait, travailler chez lui à des fenêtres ou des persiennes le dimanche. Le problème principal entre sa femme et lui, c'était qu'il était doux, calme, flegmatique alors que sa femme était nerveuse, à la limite de la crise de nerfs. Il arrivait que sa fille, encore bébé, crie, sans doute parce qu'elle avait mal au ventre. Marie, lorsque sa mère venait la voir, lui flanquait le bébé dans les bras en disant : « prends-la, Ma, avant que je la jette par la fenêtre. » Même si on se disait qu'elle ne l'aurait pas fait, on n'en aurait pas mis sa main au feu, sur le moment.

Sa fille, à qui l'amour maternel manquait particulièrement, chipotait sur le jambon, alors qu'invitée seule chez nous, elle mangeait sa tranche sans rechigner, y compris le gras. Elle avait dit à Maman qu'elle aurait aimé l'avoir pour mère.

Cette brave tante avait bien du mal à prendre les choses avec philosophie. Un jour que son mari voulait l'aider, il mit la machine à laver en marche. Il avait mal accroché la crosse du tuyau de vidange, si bien qu'au premier esso-rage, ce tuyau s'était décroché, et que l'eau de la machine s'était répandue dans la cuisine. L'oncle lisait le journal, si bien qu'il ne remarqua rien. Lorsque sa femme rentra des courses, elle trouva la cuisine inondée. On entendit alors des insultes mêlées de sarde et de français, contenant en vrac des mots comme « disgratiatu », « crétin », ou « con », tandis que le pauvre homme se confondait en excuses.

Elle nous avait dit qu'elle n'aurait jamais dû l'épouser. Elle le fréquentait un peu, et quelques jours avant son départ pour la guerre, il avait demandé sa main. Et, avait-elle ajouté, lui qui était si peu dégourdi, s'était débrouillé pour réunir tous les papiers nécessaires avant le mariage. Si bien qu'ils s'étaient mariés juste avant son départ. Il était parti défendre la patrie peu de temps après. Elle ne devait le revoir que plusieurs années plus tard, à son retour de captivité. Avait-elle alors regretté de ne pas être veuve de guerre ? Toujours est-il qu'ils reprirent la conversation là où ils l'avaient laissée. Un an après naissait ma cousine préfé-rée, Arlette, une fille droite, et énergique dans la douceur. Elle avait su prendre le meilleur des gènes de ses parents.

La tante Yolande, la fille aînée de la famille, se comportait un peu en comète. Elle disparaissait et réapparaissait à Nice à intervalles plus ou moins réguliers. C'est elle qui, la première, se maria et eut un garçon, Laurent, dont elle con-fia l'éducation à sa mère avant de disparaître en Indochine. Ce garçon, entra dans la marine, et épousa une fille très bien, avec laquelle il eut deux enfants. J'ai vu Lolo, c'est ainsi qu'on l'appelait, peut-être deux fois dans ma vie. Beaucoup plus tard, il prit à Yolande l'envie de renouer avec sa famille. Elle revint faire un tour à Nice, présenta son nouveau mari et sa fille Nicole. Ils s'étaient tous installés à Pau, ou on put leur rendre visite dans leur maison. Elle avait installé au rez-de-chaussée un salon de coiffure, car elle était coiffeuse de métier. Elle devait disparaître, avant de venir s'installer à Nice, le temps d'accumuler assez de griefs pour disparaître à nouveau.

Enfin, il y avait encore Yvonne, la sœur jumelle de ma mère. Alors que Maman était fonciè-
rement honnête, comme nous l'avons vu dans l'affaire du sac de patates, sa frangine ne s'embarrassait guère de scrupules. Elle n'était pas antipa-thique, avait souvent le sourire aux lèvres. Elle était vive, nerveuse, et mordait la vie à pleines dents sans se poser de question. La photo de droite représente les jumelles, Fifi et Yvonne.

Fifi et Yvonne

Elle avait eu, elle aussi en 1946, une fille, Danièle. Selon la chronique familiale, ce n'était pas la fille de son mari, l'oncle Félix. Mais celui-ci, généreux et sans doute amoureux, re-connut le bébé. Et, entre nous, je n'ai jamais remarqué le moindre problème entre lui et sa fille, jamais le moindre in-dice qui aurait pu m'inciter à me rendre compte de la réalité des choses.

L'oncle Félix était un homme moyennement grand, très mince, d'un caractère vif, possédant un bagout tel qu'on aurait pu sans problème l'imaginer vendre un réfrigérateur à un pingouin, voire des œufs à une poule.

Il était d'abord sympathique, jovial, et vous mettait tout de suite à l'aise. Même en sachant qu'il avait fait toutes sortes de trafics, soit en tant que routier forcément sympa, soit en tant qu'ambulancier franchissant à toute allure, grâce à son gyrophare, les limites entre les départements, soit enfin en tant que croupier, essayant de refiler à son oncle des jetons, en douce, jetons que l'oncle, qui avait un fond d'honnêteté, hésitait à prendre, ce qui les avait fait remarquer par un inspecteur et renvoyer séance tenante, on ne pouvait pas lui en vouloir.

Sur le tard, il a même été pris à l'aéroport de Rome avec trois kilos d'héroïne dans sa valise, arrêté et relâché quelques semaines plus tard, et simplement expulsé d'Italie, ce qui montrait bien que, même petit poisson, il avait des appuis occultes. D'ailleurs, il avait dû apprendre le métier de son père, agent électoral d'un maire niçois bien connu, qui lui faisait accomplir quelques basses œuvres contre une protection et une rétribution appropriées.

L'oncle aurait voulu faire de même avec son fils. Il voulait, m'avait-il dit, lui faire faire une formation d'horloger, et lui apprendre à facturer ses réparations selon la tête du client. Il était ainsi partisan du prix social des services.

Sachant que je me rendais souvent en Allemagne pour mes études, il m'avait demandé de l'avertir, lors de mon prochain voyage. Il voulait me confier l'achat d'un pistolet Mauser ou Luger. Ne connaissant rien aux armes, ne sachant même pas comment m'en procurer, et ne me voyant pas en transporter une dans mes bagages, il n'y avait aucun risque que je poursuive cette idée.

Lui, au contraire, devait s'y connaître en armes car un jour, il est arrivé en catastrophe chez ma tante Marie. Il lui a demandé si elle pouvait lui garder un colis, le temps que sa femme Yvonne, qui avait les clés, revienne des commissions. Ma tante n'avait aucune raison de se méfier et accepta. Il lui monta, en passant par l'ascenseur, une caisse très lourde qu'il tira derrière lui et qu'il déposa sur le balcon, pour ne pas gêner.

Lorsque mon oncle Jacques rentra du travail, la caisse était encore là. L'oncle Jacques voulut tirer la persienne du balcon, mais la caisse empêchait la manœuvre. Il voulut la pousser, mais elle était un peu lourde. L'apparence de cette caisse lui rappelait vaguement son service militaire, pendant lequel il en avait manipulé de la même sorte.

Intrigué, il ouvrit la caisse et y découvrit des mitraillettes. Effrayé, il referma bien vite la caisse et alerta Marie, qui téléphona sans plus attendre à sa sœur Yvonne pour lui demander d'envoyer d'urgence Félix, afin qu'il récupère immédiatement sa caisse. Ce qu'il fit, sans commentaire, mais avec toutes ses excuses.

Cette famille disparate mais bien intégrée dans la société avait un point commun : Mémé, prénommée Catherine. Lorsque je l'ai connue, c'est-à-dire lorsque j'ai pris conscience de son existence, était toujours une petite femme pleine d'énergie. Elle tenait le ménage de son fils Jules, avec lequel elle habitait. Outre les commissions, le ménage et le repassage, elle trouvait encore le temps d'élever les enfants de sa fille Yvonne habitant à deux maisons de chez elle, après avoir assuré l'éducation de Lolo, le fils de Yolande. En outre, elle rendait souvent visite à ses filles, Marie et Fifi, qui habitaient dans un autre quartier. Elle y allait à pied, partant aux aurores. On pouvait toujours compter sur Ma, quoi qu'il arrive. Et souvent, on allait la voir le dimanche. Quand on arrivait chez elle, bien avant le repas, la table de la cuisine était couverte de farine, car Mémé faisait ses pâtes, gnocchis et autres raviolis elle-même. Elle faisait aussi des farcis de rêve, et des croquettes à la viande et aux légumes hachés, auxquelles je pense aujourd'hui encore avec d'autant plus d'émotion qu'on en a perdu la recette.

Mémé ne pouvait être suspectée de goinfrerie car, à l'époque, elle ne possédait qu'une dent, une molaire que l'on pouvait voir au fond, en bas, dans la partie droite de sa bouche. Et comme elle riait assez souvent, on pouvait s'assurer de sa présence. Jusqu'au jour où elle la perdit. Comme une dent seule ne sert à rien, sauf à la décoration, Mémé ne lui en voulut pas de l'avoir quittée sans déposer de préavis.

Elle n'était pas allée longtemps à l'école, dans sa ville natale de Sassari. Son père, qui exerçait la profession de carabinier, avait produit une flopée d'enfants. Ainsi, il y a gros à parier pour que ses parents aient mis leur marmaille au travail le plus tôt possible. Mémé avait des problèmes de vision, qui l'amenèrent à la cécité complète. Elle confiait la lecture à un membre de sa famille, ou à une voisine de passage, ce qui fait que nul ne sait si elle a jamais su lire. En revanche, elle écoutait la radio, en général RMC, dont le slogan familial transformé par Mémé, pour nous, petits enfants, était « allô, allô. Ici radio Monte-Carlo. Faites pipi dans l'eau… »

Elle était incollable sur la vie et les frasques des princes, princesses, rois et reines, savait qui vivait avec qui, connaissait les prénoms des enfants royaux et princiers, et pouvait décliner sans erreur les chroniques familiales des têtes, parfois vides mais couronnées, de ces personnages dont le seul exploit avait été de naître dans la bonne famille.

Elle connaissait aussi les chanteuses et chanteurs qu'elle entendait sur RMC. Et après tout, pourquoi une femme aussi modeste qu'elle n'aurait-elle pas rêvé avec ces gens connus, non pas d'être comme eux, mais se réjouissant de leur félicité, un peu comme des parents sont heureux du succès de leurs enfants ?

Il existait bien une famille du côté paternel, mais elle était beaucoup moins nombreuse, et moins pittoresque.

La famille Meunier

Le grand-père Georges mourut alors que je n'avais que trois ans. Je n'ai donc aucun souvenir de lui. Heureusement qu'il existe des photos. C'était un homme que les carnets militaires qu'il a gardés décrivent comme courageux, organisé, ayant le sens du devoir, des responsabilités, et sachant mener les hommes. Il présentait donc tous les traits de caractère dont a besoin un officier supérieur.

Pépé Meunier

Son père était sabotier à Ecrosnes, près de Chartres, mais il avait repris une épicerie café. C'est ce que l'on voit en tout cas sur une photo format carte postale, qui représente l'épicier, sa femme et ses deux enfants, Georges et Cécile. La chronique ne dit rien sur l'itinéraire qui a mené cet enfant de sabotier, épicier et cafetier au grade de chef de bataillon.

Georges avait un violon d'Ingres : le dessin à l'encre de chine. Il dessina ainsi des personnages, des enfants, des danseuses (chats et entrechats), des animaux, des scènes de la guerre de 14 présentant un coin du champ de bataille, mettant en scène des soldats héroïques : « Debout, les morts » par exemple, où l'officier tente de motiver des soldats épuisés pour qu'ils retournent au combat.

Chats et entrechats

Il collectionnait aussi des plaisanteries, des devinettes, des curiosités scientifiques, qu'il consignait dans un carnet. Par exemple, cette pensée profonde : « Il vaut mieux aller hériter à la poste qu'aller à la postérité. »

Mémé de Paris

L'arrière-grand-mère Louise Maublanc, a vécu, plus longtemps. J'aurais pu la connaître autrement que par lettres si nous l'avions fréquentée. Nous ne sommes jamais allés la voir à Paris, et elle n'est jamais venue nous voir à Nice. Elle avait bien fait une tentative lorsque j'étais bébé, car on la voit souvent sur des photos. Et puis, elle s'était fâchée avec sa fille, et elle était retournée à Paris où elle avait sans doute des amis plus fréquentables pour elle.

Sa fille Lucie, ma grand-mère paternelle, est un cas intéressant. Elle ne s'entendait pas beaucoup avec
sa mère, pour des raisons que nous ne connaî-
trons jamais. Elle ne s'entendait pas non plus
avec Maman, puisqu'elle lui avait toujours dit
qu'elle aurait préféré que son fils Roger en
épouse une autre. Et elle ne s'entendait pas non
plus tellement avec nous, ses petits-fils, d'abord, parce
qu'elle rejetait notre mère, et ensuite, parce que l'on ne ressentait, quand on était en sa présence, pas le moindre
amour pour nous. Elle aurait voulu qu'on l'appelle Mamie,
mais on l'appelait, par réaction, Mémé.

Mamie

Je pense aujourd'hui qu'on aurait dû se rapprocher d'elle,
ne serait-ce que pour en savoir plus sur ses sentiments,
pour au moins tenter de la comprendre. Après tout, elle
avait perdu son mari à la guerre, sa grand-mère et son frère
s'étaient suicidés. Son fils, dont on suppose qu'elle l'aimait,
avait dû lui aussi partir pour le STO, puis, quelques années
plus tard, pour la guerre d'Algérie.

Même si, chaque fois qu'elle nous offrait un paquet de bis-
cuit à nous partager en quatre, elle nous disait immanquablement : « Vous savez, mes petits enfants chéris, je ne
peux pas faire ça tous les jours. », Cela ne l'avait pas em-
pêchée, lorsque je suis allé comme assistant en Allemagne,
et que mon salaire était de 550 marks, de m'envoyer un
mandat de 500 francs pour m'aider à prendre pied en Allemagne. Et quand, une fois installé, je lui avais proposé de
les lui rendre, elle avait refusé.

Il était clair qu'elle ne considérait pas tous ses petits enfants de la même façon. Elle avait commencé à montrer une certaine fierté à partir de ma licence. Les autres étaient à l'époque encore trop jeunes pour lui en imposer.

Il est simplement triste que, quand on est jeune et que l'on pense avoir l'avenir devant soi, on ne pense pas à en savoir plus sur ses grands-parents ou même sur ses parents. S'ils disparaissent un peu trop tôt, on découvre que l'on ne les connaît pas vraiment, et il est malheureusement trop tard pour les interroger.

Ma grand-mère avait aussi une tante Dugrospré et une cousine prénommée Henriette. La première possédait une villa à Vallauris, et vivait à l'époque avec la seconde. La cousine possédait deux chiens, des loulous, et une voiture, une Simca 6 décapotable et, chose extraordinaire, elle fumait comme un sapeur. De plus, elle avait épousé dans sa jeunesse un Américain originaire d'Italie, un certain Zelli, qui, selon elle, était fortuné. Il aurait même été un certain temps propriétaire d'une salle de spectacle à Paris. Il y a bien eu un Joe Zelli qui possédait un club de jazz à Paris, mais nul ne sait s'il s'agit bien de lui.

Nous avons eu l'occasion de rencontrer ces deux oiseaux rares dans leur villa, mais je ne connais pas assez bien l'arbre généalogique de ma grand-mère pour y rattacher la branche des Dugrospré.

Gérard, Maman, Papa, le loulou, la cousine, Georges, Mamie,
l'autre loulou, la tante Dugrospré, Christian

RASTATT

Papa retourne à l'armée

Fin 1953, Papa décida d'abandonner ses ambitions ban-
caires, par manque de piston. Il retourna à ses premières
amours, l'armée. La guerre d'Indochine n'était pas encore
terminée, et on était à quelques mois encore de Dien Bien
Phu. Il fut envoyé en Allemagne, à Rastatt, juste de l'autre
côté de la frontière franco-allemande, au bord de la Murg,
une rivière qui se jette dans le Rhin.

Il y a en plus un passager clandestin, car Maman est enceinte, et que la naissance est prévue pour le mois de juin.
Nous avons un logement gratuit dans une résidence qui
vient d'être construite, au deuxième étage. Nous avons vue
sur la Murg, une petite rivière qui
coule vers le nord, pour se jeter
dans le Rhin. De la maison, il suffit de descendre une pente en
terre molle, dans laquelle les
taupes ont creusé des galeries.

Une fois installés dans cet appartement bien chauffé et bien
éclairé, nous découvrons, le soir,

Devant la maison de Rastatt

les maisons à peine éclairées des Allemands qui, eux,
paient l'électricité pour nous, leurs occupants. Leurs fenêtres laissent passer une lumière plus proche en intensité
de la bougie que de la lampe électrique.

L'école, elle, se trouve de l'autre côté de la Murg. Il faut franchir le pont, et s'enfoncer dans la ville pour se rendre à l'école française, réservée aux enfants des troupes d'occupation.

L'institutrice, dont j'ai oublié le nom et le visage, ne m'était pas particulièrement sympathique. Je débarquais en pleine année scolaire, et il fallait que je m'habitue à une classe inconnue, dans laquelle il y avait des filles et des garçons.

Un jour, l'institutrice m'a puni, j'ai oublié pourquoi. Adepte de la vexation, elle m'a fait asseoir sur le rebord de la fenêtre. Sa méthode n'était vraiment pas la bonne, puisque, la fenêtre étant ouverte et la classe se trouvant au rez-de-chaussée, je me suis enfui, direction la caserne où travaillait mon père, qui devait se trouver quelques rues plus loin.

Papa était très étonné de ma venue. Il m'a ramené à l'école, a discuté quelques minutes avec l'institutrice qui avait pris peur en constatant ma disparition, d'autant plus que sa responsabilité était engagée.

Tout s'arrangea comme par miracle. Je repris ma place à ma table et je n'eus plus aucun problème avec l'institutrice qui redoutait mes réactions radicales.

Maman avait pris une aide-ménagère, une dame qui venait faire le ménage et le repassage. Celle-ci ne parlait pas le français, ni nous l'allemand. La compréhension n'était donc pas évidente.

J'allais le matin chercher le lait dans un magasin de lait avec un petit bidon. Il suffisait de tendre le bidon et l'argent, et le reste allait de soi.

Les commissions étaient épiques, car il n'y avait pas de libre-service. Il fallait donc expliquer au commerçant ce que l'on voulait. Le charcutier se retrouvait en face d'acheteuses françaises lui montrant une cuisse (jambon), un mollet (pied de cochon) ou leurs seins (poitrine de porc). Au début, le pauvre homme s'était posé des questions sur la moralité, voire sur l'intégrité psychique de ses clientes, d'autant plus que les Français avaient la réputation d'être légers. Il finit par comprendre ce qu'elles voulaient en transposant la position des organes humains désignés sur un corps de cochon, sans arrière-pensée.

Maman, qui pourtant venait d'une famille où les parents parlaient le sarde, alors qu'elle parlait le français avec ses frères et sœurs, aurait dû être sensibilisée au problème des langues étrangères. En fait, elle avait du mal à saisir que des gens puissent ne pas la comprendre quand elle parlait.

Lorsque, plus tard, elle rendit visite à Gérard au Danemark, elle parla français aux vendeuses. Elle en fit de même à Berlin, quand elle vint me voir. Et chaque fois, elle ne se rendait pas compte de l'incompréhension de ses interlocuteurs.

À Rastatt, alors que nous nous promenions, quelqu'un lui posa une question en allemand. Elle lui répondit : « Nix verstön. », ce qui ne veut rien dire, à part le « nix » qui veut dire familièrement rien. Satisfaite d'elle-même, elle me fit remarquer : « Il a dû me prendre pour une folle. Je lui ai dit que je ne comprenais rien en allemand. Il a dû se demander pourquoi je ne le comprenais pas alors que je parlais la langue ! » Il est vrai que les Allemands, étonnés que certains se donnent du mal à baragouiner leur langue, leur disent alors : « Sie sprechen perfekt Deutsch ! », autrement dit, « Vous parlez parfaitement bien l'allemand », pour les encourager à persévérer.

Lorsqu'il n'y avait pas école, et le mois de juin approchant, Maman préparait sa marmaille pour sortir l'après-midi, nous promener le long de la Murg. On y voyait les monticules faits par les taupes, on découvrait la nature, et on cueillait des mûres. Et c'était régulièrement lorsque nous étions loin de nos bases que l'orage se déclenchait, une bonne grosse averse, tombant dru, et vous trempant jusqu'au slip, ou plus, si le slip était trop mince. Dès que vous étiez bien trempés, l'averse allait se faire voir ailleurs, mouiller d'autres étrangers. En effet, l'orage d'été est une des caractéristiques de la météorologie de l'Allemagne du Sud. Les Allemands, qui ont eu le temps de s'en rendre compte au cours des siècles, ne sortent pas, en été, sans leur *Knirps* (tout petit garçon), un parapluie pliant miniature que l'on sort dès que les premières gouttes se mettent à tomber, et que l'on replie à la fin de la saucée, pour le ranger. Knirps est un nom de marque, mais il est si connu qu'il est devenu un nom commun.

Maman, elle, n'était pas au courant, mais comme elle ne voulait pas rester, avec ses enfants, enfermée à la maison, nous fûmes souvent mouillés.

Le 1er juin 54, Maman se rendit pour accoucher à la clinique de Baden-Baden, et donna naissance à Georges. On nous avait confiés pour la journée à une voisine. Papa ne rentrant pas, la voisine a commencé à se faire du souci, ne sachant trop quoi faire de nous. Mais peut-être y avait-il eu des complications à la naissance.

Papa finit par arriver, tard et l'oreille basse. Ému, il s'était trompé de train, montant dans le Karlsruhe - Bâle au lieu du Bâle - Karlsruhe. Il s'était heureusement aperçu de sa méprise avant le terminus en Suisse. Il avait dû attendre le passage d'un train se dirigeant vers le nord.

Faire-part de naissance de Georges

C'était encore un garçon. On repasserait pour la fille. En fait, on devait repasser encore deux fois, et chaque fois pour rien. Mais n'allons pas plus vite que la musique.

C'était pour moi, après ma naissance, la troisième grossesse de ma mère. Je ne sais pas si c'était du fait d'une certaine routine, ou si cela venait du fait que l'éducation sexuelle de l'époque était très peu poussée, mais si j'ai vu souvent le ventre de ma mère s'arrondir, je n'ai jamais fait le rapprochement avec une naissance à venir. De nos jours, les parents font participer leurs enfants aux joies de la venue de la petite sœur ou du petit frère. On fait palper le ventre de la mère, on fait sentir les mouvements du bébé. Et comme on sait assez tôt le sexe du bébé, et que l'on en a même une photo, les enfants suivent l'évolution de la grossesse.

Rien de tel à l'époque, où les grossesses n'avaient rien d'extraordinaire. J'en suis venu à me demander si ma mère, qui n'avait aucune culture scientifique, était bien au courant de ce qui se passait avant et après la gestation. La contraception semblait alors inconnue, ou simplement pas souhaitée. Pourtant, ma grand-mère paternelle, elle, a bien su en appliquer une, puisque surprise dans la nuit de noces et immédiatement enceinte, elle a su, par la suite, veiller à ce qu'aucune nouvelle grossesse ne vienne déranger son existence. Elle en avait d'ailleurs parlé à ma mère, trouvant que mes parents se rapprochaient un peu trop des lapins. « Vous savez, mon petit, il y a des moyens pour empêcher les naissances. » Et elle avait suggéré le *coït interrompu* d'une part, et des lavements bien placés de l'autre. Ceci lui valut une verte réponse. « Roger veut avoir beaucoup d'enfants autour de lui. Il a trop souffert d'être fils unique. »

Maman en savait plus que ce que l'on aurait pu croire car, un jour, elle a expliqué à sa propre mère, qui se le demandait, comment les homosexuels faisaient l'amour, ce qui avait laissé Mémé sans voix, et dans une grande perplexité.

D'ailleurs, de nos jours où garçons et filles adolescents sont informés sur la sexualité, on s'étonne de retrouver des jeunes filles enceintes par accident, puisqu'elles sont censées être informées des problèmes de contraception, et que d'autre part, elles sont aussi averties des problèmes du SIDA. Si elles avaient obligé le garçon à mettre un préservatif, à cause de la propagation du SIDA, elles n'auraient jamais pu être enceintes. L'information fournie ne suffit donc pas.

Nous voilà donc maintenant une personne de plus. L'appartement étant plus grand que celui de Nice, cela ne posait pas trop de problèmes. Les parents étaient ensemble dans

leur chambre avec le bébé dans son landau, et deux enfants dans des lits de fortune, et leur fils ainé, moi, dans la
salle à manger.

Le 24 juillet 1954 s'acheva officiellement la guerre d'Indochine, la guerre d'Algérie commençant le 1er novembre.
Entre ces deux dates, Papa est envoyé en Algérie, et nous
rentrons à Nice, réintégrant l'appartement de l'avenue Cyrille Besset.

Retour au bercail

Nous avons repris possession des lieux. Nous sommes toujours le même nombre, mais l'équipage a changé. Georges a pris place dans sa poussette allemande, mais sans les roues, sur la commode tandis que Gérard dort dans un petit lit, à côté de la couche parentale, et j'occupe le lit à cosy installé dans la salle à manger. Gérard ira à la maternelle, tandis que je continuerai ma scolarité en entrant dans le cours élémentaire. Mon institutrice ne m'a laissé aucun souvenir. Je ne revois pas son visage, et rien ne me revient à son propos, si ce n'est que c'était une dame.

Le niveau de l'école de Rastatt était bon, d'autant plus que nous n'étions qu'une quinzaine d'élèves dans la classe du CP. L'institutrice avait donc eu le temps de s'occuper de nous. J'avais d'ailleurs reçu un prix, le « Buffon des oiseaux », dans lequel se trouvaient des illustrations marquantes, telles que celle du toucan, avec son bec tourmenté, ou celle d'une immense autruche accompagnée d'un petit noir, ou encore celle qui représentait un serpentaire terrassant, sous ses griffes, un vilain serpent. Je n'ai jamais pu oublier ces images, même si le texte qui les accompagnait était beaucoup moins enthousiasmant.

L'école Saint-Barthélemy, elle aussi, remplissait parfaitement sa tâche d'enseignement. Et si je ne me rappelle pas la dame du CE1, je me souviens de Mme Arène, petite femme à cheveux mi-longs, qui portait des lunettes, et qui avait personnalisé sa salle de classe en disposant son bureau derrière les élèves. Ainsi, nous avions une vue dégagée sur le tableau, et Mme Arène nous avait à l'œil, sans que nous puissions la voir.

C'est elle qui m'a donné goût à la grammaire, et qui est à l'origine de ma carrière de professeur.

Gérard et moi allions tout seuls à l'école, sous ma responsabilité. Nous n'avions qu'à suivre le trottoir de la maison jusqu'en face de l'école, et à traverser directement. La maternelle était au milieu du groupe scolaire, l'école de filles à droite, et celle de garçons à gauche. Tout était fait pour limiter le contact, même visuel, entre les enfants des deux sexes, une fois la maternelle quittée, qui, elle, permettait la mixité. Et c'est cette même maternelle qui séparait les sexes, et empêchait même la proximité entre les cours de récréation. Celle de Rastatt, elle, suivait l'habitude allemande de la mixité des écoles à tous les niveaux. Peut-être est–ce parce qu'il aurait été difficile d'organiser des cours unisexes étant donné le petit nombre d'élèves. Cela aurait en outre obligé l'administration scolaire à engager deux fois plus d'enseignants. Nécessité fait loi.

À la maison, je sentais bien que l'atmosphère était lourde, et j'ai bien vite remarqué que l'ambiance était tributaire de l'arrivée ou nom de courrier venu d'Algérie. Quand on écrivait à papa, l'adresse était formulée en SP, le secteur postal militaire. À part l'armée, et peut-être l'ennemi, personne ne savait où se trouve le régiment couvert par le secteur postal. Et dans l'autre sens, le civil qui reçoit une lettre venue d'un militaire ne sait pas d'où elle vient.

Papa, suivant la tradition familiale, écrivait souvent, pratiquement tous les jours. La lettre mettait, comme aurait dit le comique Fernand Raynaud, « un certain temps » à nous parvenir. Et comme ce temps était irrégulier, il arrivait que plusieurs jours se passent sans aucune lettre, et qu'un groupe de lettres arrivent en même temps pour encombrer la boîte aux lettres, ce qui démontrait le zèle de l'écrivain.

Les jours sans lettre, Maman était nerveuse. Étant par nature craintive et pessimiste, elle avait peur que Papa soit blessé, ou même tué. L'arrivée des lettres faisait remonter l'optimisme.

Nous n'avions pas le droit de lire les lettres. Maman se contentait de nous dire : « Papa va bien, et il vous embrasse tous ». Cela devait nous suffire. Ainsi, sans que la situation de Papa dans des zones dangereuses ne soit explicitement évoquée, on était bien obligés de ressentir cette atmosphère pesante.

On jetait bien de temps à autre un coup d'œil sur le bout de lettre qui portait la date, et qui nous en disait un peu plus sur l'endroit où Papa se trouvait : Sétif, Philippeville, Tlemcen, Aïn Beïda, Constantine, des noms qui ne nous disaient rien. Si nous avions eu à l'époque Internet, nous aurions pu aller y rechercher quelques Informations. Mais nous ne disposions d'aucun ouvrage de fond, et nous n'avions pas encore le réflexe du chercheur intéressé.

Lors d'une permission de Papa, nous nous retrouvâmes à 5 dans le petit appartement. Mais cela n'empêcha pas le lancement de la grossesse suivante, bien au contraire. On peut dater la visite de Papa en comptant à rebours, à juillet 1955. En effet, le 1er avril 1956 naissait Yves. Cela fit revenir Papa, qui eut le droit de venir admirer son œuvre. Le bébé fut baptisé sur la lancée, et c'est moi qu'on avait choisi comme parrain, sans doute parce que l'on était à court d'hommes présentables dans la famille. Il fut prénommé Yves, Christian, Pascal, le deuxième prénom rappelant son parrain, donc moi, et Pascal sa naissance le jour de Pâques.

Papa fut nommé à Alger, au troisième bureau, où il rejoignait un de ces officiers pittoresques, le colonel Thomazo, appelé « nez de cuir » par des journalistes particulièrement imaginatifs, parce qu'il cachait une blessure de son nez derrière un morceau de cuir. Papa avait un vrai talent d'organisation, et ses chefs lui étaient fidèles pour cela. En ce qui me concerne, j'ai ressenti plusieurs fois son talent lorsqu'il a tenu à ranger mon placard, dans lequel régnait un joyeux bordel, n'ayons pas peur des mots. Mais lorsque Papa était passé, plusieurs objets étaient partis à la poubelle, et tout était bien en ordre, sauf que je n'y trouvais plus rien. Il fallait qu'il revienne un peu de désordre pour que mon sens inné de la recherche aidant, je m'y retrouve dans mes propres affaires.

Saint Eugène

Une fois Papa nommé dans la capitale algérienne, il a fait une demande pour faire venir sa famille. Nous n'avons pas eu le temps de finir l'année scolaire. Nous avons dû nous embarquer fin juin. Et cette fois, c'était un véritable déménagement.

Fin juin donc, un avion nous déposait à l'aéroport de Maison Blanche. En attendant l'arrivée des meubles, nous avons dû loger à Saint-Eugène, à 50 mètres de la mer. C'était un meublé assez petit, mais il suffisait de passer par un souterrain sous la maison d'en face pour atteindre la plage.

Nous sommes très vite allés nous baigner. L'eau était bonne, et il y avait de nombreux baigneurs. Malheureusement, notre joie fut de courte durée. En effet, nous étions cernés par des sous-marins peu sympathiques, une foule de déjections humaines flottant entre deux eaux. Rien qu'à l'idée que l'on aurait pu boire la tasse, le poil se hérisse. Il devait y avoir une sortie d'égouts discrète dans le coin. À partir de ce jour, les bains de mer furent abandonnés.

Mais il y avait quand même un point positif. Il y avait sur le boulevard Pitolet une boutique de marchand de frites, mais des frites un peu spéciales. C'était de véritables chips faites à partir d'authentiques légumes. Quand on allait en acheter, le marchand mettait des pommes de terre dans un grand récipient métallique cylindrique, qui tournait vite, avec des lames verticales sur les bords, et qui servait à éplucher les tubercules. Ensuite, le marchand coupait, avec une autre machine, les pommes de terre en fines rondelles, qu'il jetait dans un bac à friture. En moins de temps qu'il n'en faut pour le dire, d'excellentes chips vous étaient servies dans un cornet de papier bien huileux, saupoudrées de sel.

Je n'en ai jamais mangé d'aussi bonnes, car, malgré tous leurs efforts, les fabricants de chips ne parviennent pas à une telle qualité. J'en ressens encore de la nostalgie aujourd'hui.

La villa Gabrielle

Nous n'avons pas pu profiter très longtemps de ces fameuses frites, car nous avons emménagé assez rapidement au 3 rue Mozart, en bordure du quartier de Belcourt, dans une villa comportant un rez-de-chaussée et un premier étage. Le jardin était suspendu à plus de quatre mètres au-dessus du niveau de la rue. Ainsi, d'en bas, on voyait un mur de quatre mètres de haut, que surmontait la villa Gabrielle. On accédait au jardin en poussant une grille, et en montant un escalier tout droit.

On nous avait accordé le rez-de-chaussée. Une autre famille occupait le premier. Le père de famille, Monsieur Fernandez, conduisait une berline noire, une Opel Kapitän. Le dimanche, les deux filles adolescentes se faisaient belles, leur mère mettait sa plus jolie robe et son chapeau du dimanche, et tout le monde s'en allait à la messe de 11 heures, à l'Église Saint-Paul, rue Auguste Comte.

L'Église était, comme la villa Gabrielle, répartie sur deux étages. Elle était bizarrement double et se nommait Saint-Paul, Sainte Rita. Signe du machisme catholique, Saint-Paul était constitué d'une immense salle lumineuse, occupant le premier, alors que Sainte-Rita, la patronne des causes désespérées, se tapissait dans la crypte, dans un rez-de-chaussée à moitié enfoui dans le sous-sol. En outre, les messes du dimanche avaient lieu en haut, alors que les vêpres du soir, et toutes les manifestations mobilisant peu de monde, avaient lieu en bas, dans une semi-obscurité, à la lueur des cierges. La plupart avaient été achetés et allumés par les fidèles qui avaient quelque chose à demander à leur créateur.

Un certain nombre de statues de saintes et de saints étaient logées dans la crypte. Quelques femmes âgées venaient les prier, leur demandant d'intercéder auprès du Père, du Fils ou du Saint-Esprit. On ne savait trop si elles priaient la statue, signe patent d'idolâtrie, ou le personnage qu'elle représentait, et qui avait, pensaient-elles, l'oreille de son supérieur céleste. Certaines mettaient de l'argent dans le tronc destiné à l'achat de cierges. Mais d'autres apportaient des fleurs. Le curé, qui suivait les manifestations de piété de loin, se mettait en rogne lorsque ses ouailles agissaient ainsi. Il s'approchait alors à pas de loup de la fautive, la faisait sursauter en lui disant à l'oreille : « Vous savez, la vierge préfère l'argent. » Alors qu'il n'avait aucun usage de ces fleurs, il aurait eu bien besoin de l'argent.

Ce curé vivait avec une dame, officiellement sa cousine, en visite prolongée, qui déclenchait, à son passage, les coups de coudes et les sourires entendus : « Regardez, c'est la bonne amie du curé. » De quoi vous dégoûter de ne pas être protestant, puisque les pasteurs, eux, ont le droit de se marier et n'ont pas besoin de se camoufler. Les prêtres catholiques, qui interdisent sous peine de sanction divine les galipettes hors mariage à leurs ouailles, se livrent au vu et au su de tous aux plaisirs de la chair, selon le principe : « Faites ce que je dis, mais pas ce que je fais. »

Nos voisins, donc, étaient en représentation le dimanche, avec leur voiture et leurs toilettes. Mais si on allait les voir chez eux, on trouvait un mobilier moins représentatif. Chez les filles, il y avait certes un lit, mais les armoires étaient remplacées par des caisses récupérées à droite et à gauche, couchées sur le côté pour que l'ouverture soit dirigée vers l'avant. Et pour faire plus habillé, quelqu'un avait mis des rideaux dans le genre cuisine, en vichy rouge et blanc, tendus sur le côté supérieur sur une ficelle fixée sur la caisse par deux punaises.

Les gens se rencontrant sur la plage, donc, à l'extérieur, personne ne savait comment ils étaient meublés chez eux. L'argent était donc plutôt destiné au paraître qu'à l'être.

L'appartement mis à notre disposition était le plus grand que nous ayons jamais eu. En venant du jardin, on arrivait dans un petit hall suivi de la salle à manger. Le long du mur de gauche se trouvaient deux chambres. À droite, il y avait encore une chambre, celle des parents. Et au fond, du même côté, se trouvait la cuisine. Celle-ci avait une ouverture, sur la gauche, une porte-fenêtre protégée à l'extérieur par de grandes persiennes, qui donnait sur une cour intérieure. Et c'est dans cette cour, à droite de la sortie, blotties dans un coin, le long de la maison, que se trouvaient les toilettes. Lorsque l'on avait envie de s'y rendre, la nuit, il fallait ouvrir les persiennes, afin de pouvoir rejoindre les WC. Ainsi, la moindre envie de faire pipi survenue la nuit obligeait la victime à partir en expédition. Comme Maman avait peur des attentats, elle préférait faire une distribution de pots à toute sa marmaille, à n'utiliser qu'en cas d'envie pressante. La vidange des pots avait lieu le matin.

La salle d'eau, sans baignoire, était contiguë à la chambre parentale. Nous prenions notre bain hebdomadaire dans la cuisine, dans une grande bassine en zinc qu'il fallait remplir et vider avec un seau d'eau.

Il n'y avait pas de radiateur ni de poêle. Seule une grande cheminée promettait un feu enchanteur. Pourtant, la seule fois que nous nous en sommes servis, nous avons été envahis de fumée. La cheminée, qui n'avait jamais été vue par le moindre ramoneur depuis sa construction, était bouchée. Nous avons eu beaucoup de chance qu'elle ne prenne pas feu.

Le jardin, lui, était plus intéressant. Il était constitué de deux grands bacs de terre, séparés par une petite allée en ciment. Cette allée se divisait, le long de la rambarde, en deux chemins différents, qui suivaient l'orientation de la rue. Dans le bac de gauche en sortant de la maison se trouvait un mandarinier qui portait vraiment des fruits mangeables, et un parterre de capucines qui sentaient forts et devaient tenir les moustiques éloignés.

Dans le deuxième bac, il y avait un vénérable néflier, dont

Dans le jardin du 3 rue Mozart

les fruits ne nous enthousiasmaient que fort peu. Il y avait de l'herbe, que l'on exagérerait à qualifier de pelouse, et un coin où déambulaient deux tortues, l'une d'environ 20 cm, l'autre de près de 30 cm de long. Ces deux tortues mangeaient les mauvaises herbes parmi les brins d'herbes qui constituaient la décoration du jardin, mais elles préféraient les épluchures qu'on leur donnait. Elles ne servaient pas à grand-chose puisqu'il n'était même pas possible d'organiser une course entre elles. Contrairement à ce qu'a raconté le bon La Fontaine, aucune des deux n'ambitionnait de courir vers une ligne d'arrivée, même pas pour un trognon de chou. Elles n'avaient pas l'esprit de compétition. Et lorsqu'un jour Papa, qui n'était pas très bricoleur, eut l'idée de se transformer en architecte paysagiste, créant un semblant d'étang en enfouissant une marmite dans la terre et en la remplissant d'eau, la plus petite des tortues montra qu'elle ne savait pas nager en se noyant bêtement dans le récipient paternel. Nous l'avons retrouvée, complètement gonflée d'eau, les pattes en l'air. Elle avait peut-être essayé d'appeler à l'aide, mais nul ne l'entendit. Elle fut enterrée dans sa carapace de cérémonie dans le jardin où elle avait vécu et où elle était morte, dans la plus grande discrétion, sans fleur, sans couronne, et sans pierre tombale. L'étang factice, lui, fut démonté. La marmite fut déterrée, le trou rebouché.

Le long du mur qui nous séparait du 1 rue Mozart poussait une plante inconnue, plus modeste qu'une glycine, mais comportant des fleurs bleuâtres qui sécrétaient un liquide visqueux, auquel les mouches et autres insectes restaient collés. À première vue, c'étaient des fleurs carnivores, car la mouche finissait par être digérée dans le liquide contenu dans le calice, semblant se dissoudre comme un sucre dans l'eau.

Puisque nous en sommes à la nature, il y avait aussi une chatte, nommée « la Miquette », qui était l'ennemie intime de Maman. Elle avait réussi à voler un bifteck dans la cuisine, et elle avait donné naissance à ses chatons dans la poussette d'Yves, alors que celui-ci dormait dans son lit. Maman, qui n'aimait pas les chats, surtout ceux qui prenaient leurs aises à ses dépens, dut tout nettoyer et désinfecter, après avoir attendu que la Miquette et sa marmaille eussent évacué les lieux, car Maman n'avait pas osé attaquer la chatte de front. C'était peut-être une trace de compréhension entre mères de familles nombreuses.

La vie courante

Tandis que Maman s'occupait des deux petits frères, faisait les commissions, le ménage et tout le reste, nous allions, Gérard et moi, à l'école de garçons de la rue Darwin, que les gens, peu soucieux de phonétique anglaise, prononçaient « Darvin ». Gérard était au CP, tandis que j'usais mes fonds de culotte au CM1. L'institutrice étant peu marquante, je ne sais plus comment elle s'appelait. Je ne me souviens même pas de son visage. Au début, nous étions assez peu nombreux : huit, sans compter l'institutrice. Et puis, un quelconque énarque souffrant d'insomnie s'étant dit sans doute, étant donné les événements, qu'il fallait faire quelque chose pour les autochtones, il fut décidé que tous les enfants en âge d'être scolarisés devraient rejoindre l'école de la République. Les militaires allaient les débus-

84

quer dans leur quartier en jeep et, s'ils ne voulaient pas venir, les attrapaient par le fond de la culotte et les mettaient de force dans leur véhicule, pour les amener manu militari à l'école, un lieu qui leur était inconnu. Désormais, l'école était obligatoire. Comme nous étions tout à coup quatre-vingt-deux, l'institutrice dut prendre les élèves en deux groupes : l'un de 8 h 00 à 10 h 00, le suivant de 10 heures à 12 heures, et rebelote l'après-midi. Cela dura un bon nombre de semaines, jusqu'à ce qu'arrive du renfort. Je ne sais pas par quelle action pédagogique on avait tenté de faire rattraper leur retard à des gens non scolarisés auparavant. Ce qui est sûr, c'est qu'au collège, à l'époque où j'y suis entré, il n'y avait aucun écolier indigène dans ma classe. J'en déduis qu'on avait dû les occuper, sans autre but que celui de pouvoir démontrer que la République prenait au sérieux le devenir de tous ses enfants, et que ces élèves forcés n'ont pas pu se mettre à niveau.

Bizarrement, des gens de ma connaissance qui avaient été scolarisés loin de la capitale n'ont pas vécu cet incident, les élèves, à ce qu'ils disent, ayant été scolarisés plus tôt.

Tout n'allait pas si bien que cela, car la fréquence des attentats s'intensifiait. Monsieur Fernandez rentra à la maison, un soir, décomposé. Alors qu'il se trouvait, en uniforme, au volant de son Opel, il avait essuyé une rafale d'arme automatique. La carrosserie présentait six impacts de balles, dont deux dans la portière avant. Une des balles avait même traversé la manche gauche de sa vareuse, juste sous le poignet. Il s'en était tiré sans une égratignure, mais pas sans traumatisme. Cependant à l'époque, il fallait faire face aux contrariétés de l'existence, même les plus graves, sans aucune aide. Nulle cellule psychologique ne venait vous tendre un mouchoir secourable. Monsieur Fernandez se contenta de mal dormir, et de faire réparer son véhicule. Mais Maman fut très impressionnée. Lorsque Papa rentrait tard de patrouille, elle ne tenait plus en place, et jetait constamment des coups d'œil à travers les persiennes. Un soir, elle crut voir une ombre inquiétante dans le jardin et se dit qu'un fellagha se cachait et attendait le retour de Papa. Entendant le moteur de la voiture qui le ramenait, elle ouvrit les persiennes au péril de sa vie et cria, héroïque : « Coco, il y a quelqu'un dans le jardin. Fais attention ! » Soit il n'y avait personne, soit le fellagha avait eu peur, mais en tout cas, il n'intervint pas et Papa rentra sain et sauf. Pourtant, le lendemain, on retrouva une déjection humaine dans un coin du jardin. Le fellagha avait peut-être eu peur et avait dû libérer son intestin. Ou alors, il avait voulu signaler son passage autrement qu'en laissant de simples empreintes digitales.

Et Maman me dit plusieurs années après qu'elle avait eu si peur ce soir-là qu'elle en avait fait une fausse couche. Ceci faisait monter les statistiques : 4 naissances normales, un mort-né et une fausse couche. Mais ce devait être une fausse couche en début de grossesse, car nous ne remarquâmes rien.

Le 30 septembre 1956, des bombes posées dans le Milk-Bar et la Cafétéria firent 4 morts et 52 blessés. La période des attentats a commencé. Le détournement de l'avion de Ben Bella, qui se rendait du Maroc en Tunisie pour participer à une conférence sur la recherche d'une solution négo-

ciée et l'arrestation de celui-ci le 22 octobre 56 n'arrangè-
rent pas les choses. Le nombre d'attentats du FLN à Alger
passa alors à une moyenne de 800 par mois.

Mis à part l'attentat sur le voisin, nous sommes confrontés
à certains événements. Un jour, on nous empêche de passer par la rue Collot pour aller à l'école. Quelqu'un a été
poignardé. Un autre jour, on découvre, vers 11 h 30, une
bombe déposée sous un véhicule devant la sortie de
l'école. Mon frère Gérard est sorti à 11 heures. À première
vue, la minuterie n'a pas fonctionné. Un autre jour, on entend dans la rue une rafale de mitraillette.

La presse écrite et la radio nous distillent les mauvaises
nouvelles. Dans 3 cafés, des attentats simultanés font 5
morts et 34 blessés Des bombes sont cachées dans des
lampadaires, à proximité d'arrêts d'autobus. Elles explo-
sent à l'heure de sortie des bureaux et provoquent ainsi la
mort de 10 personnes en blessant 90, dont 33 seront am-
putées.

Ce dont on ne nous parle pas, c'est des tortures effectuées
par certains membres de l'armée. On les résume sous le
nom des « crevettes de Bigeard », qui, paraît-il, n'auraient
rien à voir avec le fameux Général. Elles consistent à jeter
des gens, les pieds dans un socle de béton, du haut d'héli-
coptères dans la mer, où ils se noient. Certaines recettes,
dont ces crevettes et la fameuse gégène, torture au moyen
d'une génératrice d'électricité à manivelle, seront reprises
plus tard par les généraux argentins dictateurs entre autres.

Encore une méthode que le monde entier nous envie. On

ne nous parlera pas non plus des militaires ou civils qui préfèrent démissionner plutôt que de cautionner les tortures.

Ces annonces particulièrement négatives influent sur le moral de Maman. Curieusement, on nous laisse aller seuls à l'école, ou au catéchisme, malgré les dangers qui nous guettent. Sans doute Maman est-elle dépassée par les événements. Elle ne peut pas s'occuper à la fois des plus petits, qui doivent rester à la maison, tandis qu'elle accompagnerait les plus grands à l'école.

Lorsque Papa part en opérations pour plusieurs jours, puis, plus tard, pour plusieurs mois, nous nous trouvons seuls, le soir, à la maison.

Maman, qui a peur mais qui ne veut pas nous alerter, nous fait mettre chaque soir la table de la salle à manger contre la porte d'entrée, et poser les chaises en équilibre dessus. C'est selon elle « pour faire de la place », comme si on allait organiser un bal chez nous dans la soirée. Le matin, nous remettons les meubles à leur place.

Cela, c'est pour le côté jardin. Côté cour, on ferme bien les persiennes, et l'accès de nuit aux toilettes. Il y a, le soir, distribution de pots de chambres, un par pièce, qui sont remplis pendant la nuit et vidés le matin, quand il fait jour.

La maison devient ainsi tous les soirs un bunker.

La bataille d'Alger, comme on a appelé l'activité policière de l'armée contre le FLN, mit fin aux attentats dans la capitale. Mais cela n'empêchait pas les sacs d'être fouillés à l'entrée des grands magasins, ce qui maintenait une ambiance de méfiance.

J'ai vu un jour, devant chez nous, un autochtone assez âgé fouillé par quelques jeunes militaires. Ceux-ci sont allés jusqu'à couper en deux la grosse pastèque qu'il portait pour contrôle. Cela ressemblait à de la pure chicane, car une pastèque sans trace de coupure ne peut pas abriter de bombe ou d'armes, qu'on n'aurait pas réussi à faire pénétrer dans le fruit.

Lorsque Papa n'était pas là, le rythme bien connu de l'attente des lettres, suivie de l'arrivée du courrier reprit, comme la marée, avec ses hauts et ses bas.

Il n'y a pas que l'école...

L'école occupait une grande partie de notre temps avec sa collection de devoirs. Le bled pour l'orthographe, les 1 300 problèmes pour le calcul, nous donnaient un peu de fil à retordre. Ces 1 300 problèmes dénotaient une certaine méfiance envers la nature humaine. Ils contenaient des problèmes dans lesquels des commerçants mettaient de l'eau dans le vin ou dans le lait, et il fallait déjouer leur fraude par un calcul approprié de poids spécifiques.

Les tuyaux d'orgue

Les jours de vacances, ou les dimanches, Maman nous habillait et nous amenait au Jardin d'Essai, qui était assez proche de chez nous. Même quand on a un jardin chez soi, on ne peut pas courir comme dans un parc. Tandis que Maman discutait avec d'autres mères de famille, assises sur le même banc qu'elle, nous nous amusions à courir et à nous cacher dans les buissons. Et avant la tombée de la nuit, nous rentrions à la maison.

Nous avions maintenant de nouveaux voisins. Le père était un militaire alsacien, la mère une Bretonne, et ils avaient eu ensemble onze enfants. La mère s'appelant Colette, et le père Emile, ils avaient choisi d'utiliser l'initiale médiane, le D, pour la totalité de leurs enfants, qui s'appelaient Dominique, Danièle, Denis, Damien, Donatien, Donnadieu, etc. Le rêve de leur mère était d'en avoir 15, et que le dernier soit pape. Il semblerait que ce but n'ait pas pu être atteint.

Le jeune Denis était venu avec nous et il avait joué à courir et à se cacher. Il n'était pas trop rapide, mais un champion de la cachette. En effet, au moment de partir, il s'était camouflé, et il n'y avait pas moyen de le retrouver. Même en tournant et en virant dans le jardin, Maman de son côté avec ses deux loustics et quelques compagnes de banc, et nous du nôtre, malgré nos appels répétés, pas plus de Denis que de beurre en broche. C'est la mort dans l'âme que nous sommes rentrés, la nuit tombant, à la maison.

Maman, l'oreille basse, est allée voir Madame Schramm pour lui annoncer la perte de son fils. Mais cette mère philosophe ne s'émut pas du tout de la nouvelle : « Mais, ma bonne dame, il va revenir. Ne vous faites pas de soucis. »

La réaction de la mère ne suffit pas à tranquilliser Maman, elle qui ne voulait pas que l'on grimpe sur une chaise, de peur que l'on ne tombe et ne se rompe le cou. Mais Madame Schramm n'avait pas tort. Il commençait à peine à faire nuit lorsqu'une voiture nous ramena le fugitif. Pour qu'on ne le trouve pas, il n'avait rien trouvé de mieux que de s'éloigner de l'endroit où l'on se tenait, et il était allé si loin qu'il n'avait plus retrouvé son chemin. Le voyant seul et perdu, quelqu'un lui proposa de le ramener. Heureusement, il connaissait son adresse et fut donc capable de la donner.

Un peu de religion

Alors que ma grand-mère Meunier était croyante, allait à la messe et fréquentait assidûment sa paroisse, allant jusqu'à tricoter des pull-overs pour les pauvres, l'aile Pisoni de la famille se contentait des cérémonies principales : baptêmes, communions, mariages et enterrements.

Papa ne suivait pas l'exemple de sa mère. Maman, elle, ne parlait jamais de religion, mais elle nous envoyait quand même au catéchisme. Sa seule phrase faisant référence à Dieu était : « Mais qu'est-ce que j'ai fait au bon Dieu ? »

J'avais suivi, à Nice, les cours de catéchisme sans trop comprendre de quoi il s'agissait. Bien sûr, j'ai bien retenu l'histoire de Jésus. Mais lorsqu'il s'agissait de prier, j'avais du mal. Soit je priais le curé comme s'il était une divinité, soit Dieu, sans trop savoir où j'en étais. Mais c'était ma première année de catéchisme, parallèlement au CE2. Un jour, le curé nous parla de communion. En fait, il parlait du sacrement de l'eucharistie, que l'on pouvait célébrer le dimanche, pendant la messe. Mais la seule communion que je connaissais, c'était celle qui correspondait à une cérémonie : la communion privée, ou la solennelle. Quand j'ai parlé à Maman de la communion, elle a compris la même chose que moi, tout en s'étonnant de la discrétion de l'annonce. Elle attendait de l'Eglise plus de tralala. Je suis donc allé à la messe du dimanche, me demandant ce qu'il allait se passer. Et il ne s'est rien passé pour moi.

Lorsqu'il s'est agi de m'inscrire à la deuxième année de catéchisme, cette fois à Alger, personne n'y a pensé. Ce n'est qu'au moment de l'inscription en 3e année que l'on s'aperçut qu'il y avait un problème : il manquait un an. Ma grand-mère paternelle fut dépêchée, à Nice, chez le curé de l'Église Saint-Barthélemy qui, moyennant un petit cadeau pour ses bonnes œuvres, consentit à attester ma participation aux cours de deux années. Le curé de Saint-Paul ne sut jamais qu'au moment où j'étais censé suivre les cours de deuxième année à Nice, j'habitais en réalité à Alger. Mais comme il ne me connaissait pas, ne m'ayant jamais vu auparavant, il crut que je venais de débarquer et ne fit aucune objection à m'inscrire en 3e année. Pour faire pardonner la tricherie qui avait été faite à mon bénéfice, je fus assidu aux cours et j'eus la meilleure note à l'examen. On peut donc être à la fois un mécréant et premier en catéchisme. Il suffit d'apprendre.

J'eus cependant une petite punition un jour où, rentrant du catéchisme vers 12 h 30, je traversai sans regarder et heurtai une voiture par côté, une coccinelle Volkswagen qui descendait la rue. Sous le choc, je me retrouvai le derrière sur le trottoir. Mais ce n'était pas grave, et j'ai pu faire ma communion solennelle en fin de CM2. Je n'ai bien sûr rien raconté à Maman de peur qu'elle ne fasse une jaunisse.

Plus tard, en hiver, alors que Papa était encore en vadrouille dans le Djebel, nous nous sommes retrouvés, Maman, Gérard et moi, couchés avec une bonne angine. Comme nous étions hors-service, quelqu'un, je ne sais trop qui, nous envoya une des petites sœurs de l'Assomption, dont le couvent se trouvait en ville, pas très loin de l'église Saint Paul - Sainte Rita. Une des sœurs vint nous prêter main-forte. Et c'est ainsi que nous avons fréquenté plus ou moins régulièrement ces femmes dévouées. Elles s'occupaient aussi de groupes d'aveugles (on ne disait pas encore « non-voyants »), et nous avons participé à plusieurs réunions.

D'autres personnes se dévouaient : ceux de la paroisse Saint Paul / Sainte Rita. Le père Franchimon, un jeune curé, s'occupait des jeunes, allant avec eux se promener à l'extérieur de la ville, organisant des sorties.

Le père avait fondé un ciné-club. Moyennant une faible participation, on pouvait voir des films intéressants, surtout des films du cinéma italien, en particulier de Rossellini. Le père était un admirateur du réalisme italien.

Ainsi, malgré les attentats, malgré la tension qui pouvait régner aux alentours d'Alger et dans tout le reste du pays, se développait une vie presque normale. En tout cas pour la population française.

Philippe

En décembre 1957, grande nouvelle : un nouveau petit frère était arrivé : Philippe. Nous voilà donc cinq garçons, dont trois de quatre ans et moins. Du coup, maman a eu du travail par-dessus la tête. Elle avait maintenant une machine à laver Bendix, un engin antédiluvien qui lavait, mais sans essorer. Il fallait donc effectuer l'essorage à la main.

Il faut dire qu'à l'époque, les couches ne se jetaient pas. Il fallait les laver, ce qui n'était pas toujours très ragoûtant, selon ce que l'on y trouvait, et qui demandait de gros efforts pour le lavage.

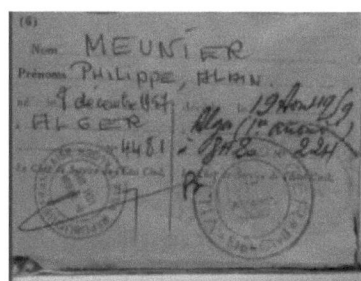
Extrait du Livret de Famille

Le 19 août 1959, le petit frère nous a quittés. Il n'avait jamais réussi à marcher. Un jour, nous nous sommes rendu compte qu'il pouvait rester les yeux ouverts au soleil, comme s'il était aveugle, et donc, que la lumière ne le gênait pas. Les médecins ont diagnostiqué une tumeur au cerveau. Ils ont décidé de l'opérer en pratiquant l'exérèse de la tumeur. Malheureusement, l'opération a raté, et le petit frère en est mort.

Évidemment, mes parents ont été choqués. En ce qui me concerne, ce fut le plus gros chagrin de mon existence, et il m'arrive très souvent de penser à lui, surtout le jour anniversaire de sa mort.

Il a été, comme on dit, rapatrié par bateau, par le Kairouan.

Je suis allé avec Papa le voir partir, dans le port d'Alger. Il est maintenant enterré dans le caveau de famille à Nice, au cimetière de Caucade.

Le Kairouan de la C.N.M.

Lorsque j'ai vidé la chambre de Maman, le jour de sa mort, j'ai retrouvé une petite chemise et des souliers en cuir minuscules. Maman avait gardé jusqu'au bout ces vêtements de Philippe. Je les ai déposés dans un coin de son cercueil, puisqu'elle y tenait tant.

Les « événements »

Entre-temps, nous avions franchi des étapes scolaires. Gérard avait atteint le CM1 à l'école Darwin, et j'étais arrivé à la cinquième classique au collège du Champ de Manœuvres.

La cinquième fut une classe chaotique, étant donné les événements politiques.

En 58, nous étions à Alger pour le coup d'État du 13 mai, qui devait amener l'arrivée du général de Gaulle. Nous étions là aussi lorsque le Général est venu, le 4 juin 58, nous dire, en deux temps : « Je... », interrompu par des applaudissements, « Je vous ai compris. » La Caravelle le transportant est même passée au-dessus de la maison.

Malheureusement, il n'avait pas tout compris, ou peut-être autrement, car en janvier 1960, une partie des Algérois pieds-noirs se sont soulevés. Le 24 janvier, les barricades se sont installées dans les rues. Les insurgés se sont soulevés contre la police, une partie de l'armée et les politiques. Le général de Gaulle venait de proposer l'autodétermination de la population algérienne : « sécession, francisation ou association ».

Pour la majorité des pieds-noirs et une partie de l'armée, il ne peut y avoir qu'une solution française. Des Français en viennent à s'affronter, du 24 janvier au 1er février : tenants de l'Algérie française et ceux de l'Algérie algérienne.

Le bilan officiel fait état de 22 morts et 147 blessés : huit morts parmi les manifestants, quatorze morts parmi les gendarmes, vingt-quatre blessés civils et cent vingt-trois blessés parmi les forces de l'ordre.

Bien sûr, nous n'avons pas participé à ces événements. En revanche, certains de nos enseignants, et en particulier notre professeur de français / latin, avaient décidé de laisser tomber momentanément leurs élèves au profit de leur engagement politique. Notre professeur mit un certain temps à se remettre de l'échec du putsch, et on le revit, désabusé et démotivé. Son enseignement s'en ressentit quelque peu, surtout celui du latin. J'espère qu'il s'en est remis depuis.

L'année scolaire se termine, avec la distribution des prix. Une nouvelle nous est parvenue : Papa est muté à l'EMP d'Aix, l'école militaire préparatoire. Le colonel Sarrade, l'ancien chef de son bataillon de chasseur en Allemagne, ne pouvant pas se passer de lui, il l'a appuyé pour qu'il soit nommé dans son école. Il doit prendre la direction du secrétariat du colonel.

Lorsque le déménagement a commencé, il était déjà arrivé à Aix. Nous n'avions qu'à superviser avec Maman le déménagement effectué par la maison Bedel.

Le retour en France

Le retour eut lieu en bateau avec l'El Djezaïr de la Compagnie de Navigation Mixte, « les îlots », qui est le nom arabe d'Alger. C'était un bateau un peu particulier, sa cheminée étant disposée à l'arrière, comme dans un vulgaire pétrolier.

L'El Djezaïr de la C.N.M.

Nous disposions d'une cabine. Le voyage devait durer une vingtaine d'heures. L'appareillage se fit vers 11 heures, l'arrivée à Marseille étant prévue pour le lendemain, vers 6 heures.

Dès le départ, avant même que Notre Dame d'Afrique ait disparu, Maman ne se sentit pas bien. Elle se réfugia dans la cabine et s'allongea. Les petits se sont amusés à côté d'elle. Ce fut bientôt l'heure du repas. Nous allâmes dans la salle à manger, où nous fûmes royalement servis. Maman chipota un peu dans son assiette, et retourna dans la cabine dès que les petits eurent mangé, avec eux. À première vue, le mal de mer avait trouvé une victime qui, au lieu d'aller prendre un bon bol d'air sur le pont, préférait l'atmosphère confinée de la cabine, peut-être à cause du lavabo pouvant avantageusement servir de récipient pour vomir. Le mal de mer peut terrasser des individus, comme cet Anglais qui disait pour le définir : « Au début, on a peur de mourir, et ensuite, on a peur de ne pas mourir. », Ce qui montre bien la puissance de ce qui est plus qu'un désagrément.

Gérard et moi, nullement incommodés, visitâmes tous les ponts accessibles, observant les jeux. Le soir, après le repas, nous profitâmes des animations, sauf de la danse, pour laquelle nous n'avions aucune prédisposition, et nulle cavalière.

La nuit fut courte, dans la cabine, et le matin venu, nous accostâmes à Marseille, sous l'œil bienveillant de Notre Dame de la Garde, qui faisait partie, elle aussi, du comité d'accueil.

Papa nous attendait sur le quai. Nous allions pouvoir prendre le car pour Aix, qui partait, à l'époque, du haut de la Canebière.

À Aix, nous eûmes droit à un taxi qui nous conduisit dans un appartement, lequel devait nous permettre d'attendre notre installation définitive dans un appartement neuf de la cité Beisson, tellement neuf, d'ailleurs, qu'il n'était pas tout à fait fini. On ne put s'y installer qu'au début de l'année suivante.

Le bâtiment, qui portait le nom bizarrement marin de « Dauphin » était assez neuf. Nous habitions au premier.

Le bâtiment était situé aux confins d'Aix, le long de la route de Vauvenargues. À une dizaine de kilomètres se trouvait le château de Vauvenargues, où habitait le peintre, sculpteur et génie notoire Pablo Picasso. Lorsque l'on s'en approchait un peu trop, des aboiements de chiens susceptibles d'en vouloir à vos mollets ou à votre fond de pantalon, vous incitaient à faire preuve de prudence et à passer votre chemin.

Nous apprîmes, Gérard et moi, sans grand enthousiasme, que nous n'irions pas au collège mais à l'École Militaire, celle ou Papa travaillait. Normalement, les élèves étaient internes, et entraient sur concours. Mais les enfants d'enseignants et ceux de militaires y travaillant pouvaient y être externes. Quant à savoir si les externes, entrés sans concours, avaient le bon niveau, cela se voyait à l'usage.

Le chemin pour aller à l'école était assez champêtre. On traversait un ruisseau, la Torse, on suivait un chemin sans trottoir, qui serpentait entre deux murs de pierre, on franchissait une montée assez raide, on suivait un deuxième chemin entre deux murs, et on finissait par arriver au boulevard des Poilus, où se situaient les quatre bâtiments de l'école, disposés en carré. Celui par lequel on entrait était plus petit que les autres, et il était orné d'un clocheton comportant une horloge. Il contenait le centre névralgique de l'école, avec le bureau du colonel, face à celui du proviseur, un civil, M. Mazille, surnommé « bigre de bigre », car c'était son juron favori, qu'il prononçait en roulant les « r » avec la pointe de la langue (un r apico-alvéolaire pour les spécialistes). Au milieu se trouvait le secrétariat, où mon père travaillait, assisté d'un sous-officier, d'un appelé faisant son service et d'une secrétaire, d'âge mûr, mais qui était encore tout à fait présentable. D'ailleurs, elle faisait tourner la tête aussi bien des vieux militaires au cuir tanné que des jeunes adolescents boutonneux. Au fond, à gauche, dans une espèce de réduit, se cachait le bureau du commandant Eychène, un descendant de la noblesse de la région, possédant un modeste mais authentique château familial au nord d'Aix.

Pour la rentrée des classes, nous voilà maintenant en uniforme, Gérard et moi, habillés en bleu de la  tête aux pieds. Loin des vêtements que nous portions dans la chaude Algérie, l'habit militaire nous gênait aux entournures. Le béret vissé sur la tête qu'il enserrait, les gros godillots qui alourdissaient les pieds et nous donnaient un peu l'allure de scaphandriers, l'uniforme de drap raide qui freinait les mouvements, et jusqu'à la cravate qui gênait la déglutition, on ne pouvait pas se sentir à l'aise.

A l'E.M.P.

S'ajoutait à la gêne physique un malaise moral. En effet, on sentait peser sur soi les regards de la population civile que l'on rencontrait dans la rue. Ces regards oscillaient entre la pitié pour ces pauvres enfants habillés en soldats, et l'hostilité bien connue du Français de base pour tout ce qui porte un uniforme. Mais alors qu'aujourd'hui, les gens en uniforme se mettent en civil dès qu'ils ont fini leur service, pour éviter tout problème, à l'époque, le soldat se déplaçait en uniforme, et le curé en soutane.

L'immeuble du Dauphin était quasiment neuf. Mais comme pour beaucoup de bâtiments construits à cette époque, l'isolation phonique était déplorable. Le soir, quand la famille du dessus allait se coucher, on pouvait entendre chacun de ses membres uriner jusqu'à la dernière goutte, puis, tirer la chasse. Avec notre imagination féconde, nous essayions de deviner quel était l'auteur de cette musique hydraulique : le père puissant, la mère raffinée, la fille délicate ou le garçon pressé. Ainsi, la musique s'accompagnait d'images furtives.

Maman commençait à prendre des habitudes qu'elle garderait jusqu'à son entrée en maison de retraite. Les mardis, jeudis et samedis étaient jours de marché. Elle s'y rendait tôt le matin, remplissant deux couffins pour nourrir ses cinq hommes, qui ne se contentaient pas d'une soupe de légumes. Il faut dire que Maman n'utilisait pas souvent l'ouvre-boîte qu'on lui avait offert. Elle pratiquait la cuisine naturelle, faisant elle-même les sauces, les flans et les gâteaux. Les jours de frites, c'est Papa qui coupait et mettait dans la friteuse les pommes de terre que Maman avait épluchées, lavées et séchées dans un chiffon auparavant. De même, c'est lui qui faisait cuire la viande, tels les biftecks, qui sont prêts en quelques minutes.

De même, Maman était une pro du repassage. Avec son fer Moulinex, elle repassait tout, de la chemise aux mouchoirs en passant par les draps de lit. Même les torchons ne lui échappaient pas.

Maman ne connaissait personne, au Dauphin. Il faut dire

que la fréquentation des voisins se limitait à un strict mini-mum : « Bonjour, au revoir, il fait beau aujourd'hui, oui mais le fond de l'air et frais. » Que seraient les rapports entre voisins sans ce fameux fond de l'air, souvent frais ? On au-rait bien du mal à le définir, mais c'est ce qui fait qu'alors que l'on a la vague impression qu'il fait chaud, on se dit que, quand même, on ferait mieux de prendre une petite laine, car dès que l'on passe à l'ombre, on ressent vaguement une impression de fraîcheur.

Comme on le voit, ce fond de l'air nous occupe, nous aussi. Mais Maman se fichait bien du fond de l'air. Elle avait assez à faire avec ses deux derniers, qui l'occupaient une bonne partie de la journée. En effet, elle ne pouvait pas encore les mettre dans une institution quelconque de l'état, crèche ou maternelle. Il faudrait attendre encore un peu, que le démé-nagement nous rapproche des écoles de Beisson qui ne demanderaient pas mieux que de prendre ses charmantes têtes blondes, même si celles-ci étaient brunes.

Beisson, tout le monde descend

Si l'on en croit la description quelque peu lyrique qu'en a faite en 2008 une certaine Sylvie Denante,

« La cité Beisson occupe un site dominant au nord de la ville. Elle comporte un immeuble plat, et un ensemble de barres reliées entre elles ou isolées ; la plus grande, de forme infléchie, suit la voirie d'un côté et ouvre de l'autre sur les espaces publics de la cité. Des passages piétons sont aménagés en rez-de-chaussée.

L'ensemble offre une belle qualité de réalisation. Moderne par le programme, Louis Olmeta affiche son inscription dans la tradition par le choix des matériaux de façade (pierre) et leur dessin : horizontales affirmées, corniche, grands aplats en pierre apparente. La filiation avec Fernand Pouillon est perceptible. Elle transparaît aussi dans le soin apporté à la liaison avec la rue : gros murs, plans inclinés ou escaliers en pierre, avec éléments en saillie, qui assoient la cité dans son environnement. »

En réalité, quand nous y sommes arrivés, la cité Beisson était encore en chantier. Les espaces verts étaient certes planifiés, mais il fallut attendre plusieurs années avant que le premier arbre, un platane, ne pointe le bout d'une feuille. L'architecte avait réussi à répartir les quelque 600 logements au sommet de la colline. Il a construit quelques barres, quelques cours bétonnées interdites aux automobiles car le moindre moteur aurait fait résonner toute la cour, et aurait privé de sommeil plusieurs centaines de personnes. Quelques chaînes munies de cadenas, gérées par quelques hommes de services habitant sur place, tous anciens militaires à cheval sur le règlement, qui, outre le service d'ordre, sortaient ou rentraient les poubelles. Certains respectaient scrupuleusement l'heure du pastis, en début de soirée, et il ne fallait pas trop leur en demander ensuite.

L'isolation phonique était misérable. Lorsque le locataire du quatrième éternuait, celui du rez-de-chaussée lui souhaitait « à vos souhaits ! ». Le chauffage au gaz, salué de cris de joies au début, déclencha rapidement des pleurs et des grincements de dents à l'arrivée de la première facture de Gaz de France. On avait l'impression que ce système de chauffage qui chauffait l'air, et le propulsait à hauteur de plafond, ce qui, l'air chaud montant, chauffait les pieds du voisin mais évitait de faire monter la température de l'appartement pour lequel il avait été installé, était un véritable gouffre à nouveaux francs.

La plupart se procurèrent un poêle à mazout, et la noria des bidons allant chercher le précieux liquide à la pompe toute proche put commencer. Le merveilleux chauffage fut abandonné.

Les interrupteurs électriques ne durèrent pas longtemps. Comme ils n'étaient pas standards, on ne pouvait pas les remplacer, à moins d'agrandir le trou au ciseau et au marteau. On se contenta d'en changer les entrailles, et particulièrement le ressort central que l'on remplaça par des bouts de ressorts de stylos à bille.

Comme la cité était livrée à tous les vents, et en particulier au mistral, les étés étaient plutôt agréables, mais les hivers carrément froids. En tout cas, on était ventilés, et la pollution n'y restait pas. Mais les appartements, chauffés par le seul poêle à mazout de la salle à manger, étaient plutôt frais. Il fut donc nécessaire de se procurer un chauffage roulant à butane, qui fut basé dans la salle de bains. Ce chauffage, une fois allumé, passait de chambre en chambre pour chauffer l'air juste avant le coucher des plus petits, puis des plus grands avant de préparer celui des parents.

Dans la salle de bains, qui était minuscule, n'abritant qu'un lavabo de taille modeste, flanqué d'une baignoire sabot équipée d'une douche, le chauffage était allumé avant le bain. Il est étonnant que l'oxygène étant en grande partie dévoré par les flammes bleues n'ait pas manqué aux baigneurs, ce qui les aurait asphyxiés sur-le-champ. Il faut croire que la porte, qui n'allait pas complètement jusqu'au sol, a permis un flux d'air salvateur. Mais nul ne sait si ce détail était dû à l'intelligence de l'architecte, ou au manque de sérieux des constructeurs.

Mais ce ne sont que des détails qui ne nous préoccupaient guère, à cette époque-là. Le plus ennuyeux, c'est que cette cité Beisson fût au sommet d'une colline à la pente particulièrement raide, frôlant les dix pour cent. Lorsque nous revenions de l'école, Gérard et moi, nous devions encore nous taper la montée de la place Bellegarde à la maison, soit un peu plus d'un kilomètre.

La pente à fort pourcentage nécessitait plus d'un quart d'heure d'efforts. Le chemin aurait été plus long si nous n'avions trouvé un raccourci nous épargnant le grand détour par la route normale. À un certain moment, vers la fin du chemin, il fallait quitter la rue Isaac, partir sur un chemin de terre, sauter par-dessus un petit ruisseau, pas plus large qu'un caniveau. Il y avait aussi sur le sol des bouts de fils de fer barbelés, restes de clôtures démontées, qui s'en prenaient parfois à nos chaussettes ou même à nos mollets.

Lorsque nous accompagnions Maman au marché, qui se trouvait place des Prêcheurs, il suffisait, à l'aller, de se laisser porter par la pente. On traversait la place Bellegarde et, toujours tout droit par la rue Mignet, on arrivait aux stands du marché.

En revanche, le retour avec les filets pleins était beaucoup plus laborieux. Il fallait transporter toutes les victuailles, viande, pain, fruits et légumes ou même fromage jusqu'au sommet de la colline, où elles seraient dévorées en deux jours par une horde de jeunes ados et de jeunes freluquets en pleine croissance, désireux de se remplir le coco.

Les autres jours, Maman opérait seule. Elle remontait, quel que soit le temps, seule avec ses achats. À l'époque, il n'y avait pas encore de bus. Il fallait se laisser porter par ses pieds. C'est peut-être cet entraînement physique proche du sport qui a permis à Maman d'atteindre les 92 ans dans un relatif bien-être physique.

Les jours succédaient aux jours, les surprises étaient rares, jusqu'au jour où Papa décida de passer son permis de conduire dans le cadre de l'armée. Les cours de conduite avaient lieu dans une Peugeot 203, l'épreuve du permis également. Papa réussit avec brio. Mais quand on l'eut accompagné, après l'achat de son premier véhicule, on comprit vite que l'armée était bonne fille dans l'attribution de ses diplômes. Bien entendu, Papa acheta une Peugeot 203. Il était descendu chez Fournier, à Marseille, et revint au volant d'une Peugeot noire qu'on eût pu croire de direction, si on n'avait pas été obligés de la pratiquer quelque temps. Même si la Peugeot 203 pouvait être considérée comme une bonne voiture, celle-ci, Titine n° 1, avait concentré une grande partie des tares familiales qui avaient épargné ses congénères.

D'abord, le pneu arrière gauche présentait une tache rougeâtre de dix bons centimètres de long. Je crus au début qu'il s'agissait d'une sorte de tache lie-de-vin comme celles que certaines personnes arborent sur la peau. Mais en y regardant de plus près, je découvris que c'était la chambre à air qui regardait le paysage de la route par un vaste trou du pneumatique. En fait de défaut esthétique, c'était une usure des flancs du pneu qui, fragilisé, pouvait éclater à tout moment, lui et sa chambre à air.

Mais où est passé le moteur?
(Roger Meunier)

Au début, Papa connut quelques problèmes. Derrière Beisson, la route était champêtre, la chaussée étant bordée par un caniveau de cinquante centimètres de largeur, et de quarante bons centimètres de profondeur. Papa, qui rasait les bords, et qui était peut-être énervé par ses deux passagers, les petits, qui voulaient profiter de la voiture, Papa donc se débrouilla pour mettre les deux roues côté tribord dans le caniveau. La voiture fut immobilisée, Papa montra son exaspération, et les deux petits se mirent à hurler qu'on allait les mettre tous en prison. Par chance, il n'en fut rien. Au contraire, quelques spectateurs, touchés sans doute par le spectacle de la détresse des gamins, vinrent prêter main-forte au malheureux conducteur en sortant le véhicule de son ornière. La mésaventure servit de leçon, car plus jamais Papa ne se laissa surprendre par la suite. Un homme averti en vaut deux.

Lorsque vint l'époque des vacances, on se prépara pour aller dans la famille, à Nice. Selon les possibilités, nous allions loger chez l'une de nos tantes, ou chez notre grand-mère paternelle, laquelle avait un assez grand appartement. Avec Gérard, nous dormions dans la salle à manger, sur un lit de fortune, sous le fameux cartel, une horloge murale à balancier qui avait pour caractéristique principale le fait d'assurer un tic-tac sonore nuit et jour et de sonner tous les quarts d'heures. Elle reproduisait la mélodie de son lointain cousin anglais Big Ben, en la saucissonnant avec méthode. Au quart, elle jouait le premier quart, à la demie, la première moitié, à moins le quart, les trois premiers quarts, et pour finir, à l'heure pleine, on avait droit à toute la mélodie, que venaient couronner les coups de cloches correspondant au nombre d'heures, le paroxysme étant atteint à midi ou à minuit, avec douze bons coups. Essayez de dormir avec tout ce tintamarre, ces feux d'artifice royaux composés par un Händel horloger.

Nous aurions bien aimé déconnecter ce cartel maudit, mais cela aurait brisé le cœur de notre grand-mère qui, sans ce bruit ne pouvait pas dormir, à l'inverse de nous. Mais comme Mémé nous accueillait chez elle un peu malgré elle, car on avait l'impression de l'envahir comme un nuage de sauterelles, il fallait bien faire profil bas et se plier aux habitudes de Mamie qui, évidemment, était chez elle et entendait bien y rester.

Maman n'était pas si heureuse de prendre ses quartiers chez sa belle-mère. C'est elle qui faisait les commissions et la cuisine, qui faisait les lits, et les discussions avec Mamie ne l'enchantaient guère.

Mamie, qui fréquentait sa paroisse, Saint-Pierre d'Arène, avait ses pauvres, les Petitjean, un couple de septuagénaires qui avaient vécu en Amérique du Sud assez longtemps. Sans enfants, sans familles, et avec peu de moyens financiers, ils profitaient modestement des aides que leur procuraient l'Etat et la paroisse. Lorsque nous allions les voir, Madame Petitjean avait fait un gâteau, un quatre-quarts, que l'on arrosait avec du sirop à l'eau. Ces gens étaient très sympathiques et de bonne compagnie, et Mamie, qui avait une certaine classe, ne leur laissait pas sentir qu'ils étaient quelque peu assistés.

Elle avait aussi des amis qui logeaient dans le Palais Alsace-Lorraine. Une certaine Choupette, une femme qui avait fait les colonies, dont le nom véritable était Castagne. Elle semblait avoir une certaine complicité avec Mamie, mais je n'ai jamais trop su sur quoi se fondait cette affinité. L'ami masculin, Monsieur Yvan, avait eu une importante menuiserie en Algérie. Il avait abandonné son bien après la mort de sa femme, bien avant l'indépendance de 1962, et s'était installé à Nice. Il semblait très impressionné par Mamie et lui avait proposé le mariage. Mais Mamie tenait trop à son indépendance, à sa pension de veuve de guerre et à sa demi-retraite de veuve de commandant, qui assuraient ladite indépendance.

Monsieur Yvan fut donc déclassé au rang d'amoureux transi, un rôle qui ne semblait pas le traumatiser outre mesure. Il jouait de temps à autre avec Georges et Yves à des jeux de société. Ce dernier se débrouillait pour gagner en aidant un peu la fortune, déesse aveugle qui ne pouvait donc pas voir qu'elle accordait ses faveurs à un garçon qui, lisant les solutions cachées sur ses genoux, sous la table, n'avait aucun mérite à gagner. Monsieur Yvan, lui, était impressionné par le savoir de son adversaire dont, en homme intègre, il ne pouvait même pas imaginer les tricheries.

Mais avant de goûter aux charmes des vacances, il fallait se rendre à Nice.

Jamais deux sans trois

Avec Papa, on ne pouvait pas partir comme cela, tout simplement. Le plein était fait, et on avait monté la galerie sur le toit. Il avait fallu, tôt, le matin, descendre les valises, les répartir sur la grille, et tendre la pieuvre, un élastique à huit bras, terminés par un crochet. Lorsque l'on fixait un crochet, il fallait faire attention de ne pas rater son coup, car la pieuvre retirait son bras rapidement, et le partenaire qui se tenait de l'autre côté de la voiture, risquait de se recevoir le crochet dans l'œil, voire de se faire arracher une narine.

Une fois les bagages rangés sur le toit et dans le coffre, il ne restait plus qu'à répartir les passagers. Papa au volant, Maman à son côté, à la place du mort, et les quatre garçons sur le siège arrière, les deux plus grands squattant les fenêtres, les petits devant se contenter de s'asseoir au milieu. La loi du plus fort assure les meilleures places. Et je faisais partie des plus forts.

Papa lança le moteur en tirant sur le câble du démarreur,

car la 203 de cette époque avait bien un Niemann, une serrure antivol qui coupait le courant et bloquait la direction une fois la clé enlevée, mais le contact était assuré par une tirette qui lançait le moteur.

Nous quittâmes notre place de parking et, une fois dans la descente, nous ne remarquâmes plus tellement combien l'auto était chargée. Nous fîmes le tour par les boulevards, et nous nous retrouvâmes sur la route de Nice. À peine avions nous atteint le panneau indiquant la sortie de la ville qu'une voiture nous doubla rageusement, car le conducteur, voulant nous punir de notre faible allure, nous fit une queue de poisson, arrachant une partie de l'aile avant gauche. Ce Prost du dimanche s'arrêta, et nous derrière lui. C'est ainsi que nous apprîmes à remplir notre premier constat amiable. Le fautif était pressé, se rendant à un mariage à Saint-Tropez, et nous demanda de faire vite. Nous lui fîmes remarquer que ce n'était pas en conduisant comme il le faisait qu'il arriverait vite. En effet, s'il avait été moins bête, il aurait pu poursuivre son chemin, au lieu d'être là, coincé, à remplir un formulaire. Il reconnut ses torts pour ne pas perdre de temps à discuter, et repartit, avec son pare-chocs arrière tordu, signe de sa précipitation coupable.

Nous redressâmes notre bout d'aile tordu comme nous pûmes, et nous reprîmes, nous aussi, le chemin des vacances, malgré un certain vague à l'âme.

Le moteur était assez bruyant. En effet, Papa passait toutes les vitesses, mais n'osait pas se risquer à utiliser la surmultipliée. Si elle avait porté le nom de « quatrième », il l'aurait sans doute passée, mais il éprouvait une crainte certaine à franchir cette limite qu'il s'était fixée à lui-même, le terme de « surmultipliée » évoquant un dépassement de soi. Ainsi, le moteur forçait, obligé de tourner dans les hauts régimes.

Au bout d'une cinquantaine de kilomètres sur la route menant à l'autoroute, qui commençait à l'époque un peu avant Fréjus, un nuage de vapeur apparut, venant du compartiment moteur. Nous dûmes nous arrêter. Une fois le capot levé, nous pûmes constater qu'une imitation de geyser sortait par un petit trou pratiqué dans le bouchon de radiateur. La pauvre 203 avait visiblement soif d'eau. Nous reprîmes la route lentement jusqu'au prochain village, où une fontaine publique nous permit de remplir un seau appartenant aux deux petits. Heureusement, il n'y avait plus de sable à l'intérieur. Avec trois seaux d'eau, nous réussîmes à étancher la soif de la 203. Comme nous ne savions pas où était passée l'eau manquante, qui devait avoir un passage secret autre que le bouchon du radiateur, ce n'est qu'à moitié rassurés que nous repartîmes. Trois autres pèlerinages furent nécessaires pour rendre grâce aux nymphes locales qui, en échange, nous accordèrent le liquide nécessaire à notre véhicule. Nous manquions d'expérience, mais on ne pouvait pas s'empêcher de penser que cela n'était pas normal. En effet, les autres conducteurs n'avaient apparemment pas besoin d'eau supplémentaire.

Nous arrivâmes vers midi à l'autoroute. Au bout de quelques kilomètres, nous passâmes sur un pont, juste derrière le panneau indiquant le Reyran, un cours d'eau de triste mémoire.

Le 2 décembre 1959, le tout nouveau barrage de Malpasset, construit sur le Reyran, s'était retrouvé rempli par l'eau déversée par des pluies torrentielles. Les piliers d'un pont de la nouvelle autoroute venant d'être coulés, il était impensable d'ouvrir les vannes du barrage qui commençait à être trop plein, l'eau ainsi lâchée risquant d'endommager ce pont.

Malheureusement, le barrage craqua à 21 h 30, et une vague de 41 m de haut déferla, en suivant le lit du Reyran, sur la ville de Fréjus, à une vitesse de 70 km/h. 423 personnes périrent noyées par 50 millions de m^3 d'eau. 300 moutons subirent le même sort. La vague laissa une ville désolée.

Et c'était cet endroit, placé sous le signe de l'eau, qu'avait choisi notre voiture pour tomber en panne. Un bruit rappelant celui d'une explosion avait retenti. La voiture s'était arrêtée. Il ne restait plus qu'à appeler du secours, lequel apparut assez rapidement sous la forme de deux gendarmes. Ils ouvrirent le capot, et constatèrent qu'une Durit, un vulgaire tuyau de caoutchouc ramenant l'eau au radiateur, avait éclaté. Il suffisait de la changer. Et comble de chance, ils en avaient une, la gendarmerie étant équipée de Peugeot 203. Ils se mirent au travail, remplacèrent la Durit, et allèrent chercher dans leur voiture un bidon pour compléter le niveau d'eau. Comme, expliquèrent-ils, il fallait faire tourner le moteur pour que l'eau se répartisse bien dans le radiateur, ils demandèrent à mon père de s'asseoir au volant et de lancer le moteur. Ils lui parlèrent du levier de vitesse. Selon Papa, ils lui auraient dit de passer une vitesse, ce qu'il fit en passant la marche arrière. Ils lui dirent de donner un coup d'accélérateur, ce qu'il fit aussi, tout en lâchant l'embrayage.

Ainsi, il partit en marche arrière, le capot moteur ouvert, traversa l'autoroute, et buta contre un piquet placé entre les deux sens, qui l'empêcha de traverser l'autre côté de l'autoroute, et surtout de tomber du pont.

Le sang de Maman, qui voyait son Roger se diriger à grande vitesse vers le parapet du pont en reculant, ne fit qu'un tour, et lui valut le soir même d'être transportée à l'hôpital, pour cause de fausse couche.

Mais nous n'en étions pas encore là. Sous la violence du choc contre le piquet, le radiateur avait reculé. Le ventilateur se vrilla dans le radiateur, et tout s'arrêta. Il fallut appeler la dépanneuse, qui chargea la voiture sur sa plateforme, ainsi que tous les passagers. Le garage se trouvant à Mandelieu, c'est là que nous fûmes lâchés avec nos bagages. Nous dûmes prendre l'autocar pour aller à Nice. Tout le long du voyage, des bruits de vomissements se firent entendre. Le seau si utile pour aller chercher de l'eau se révéla être un excellent récipient pour recueillir les restes de repas refusés par divers estomacs. Et lorsque nous quittâmes le car, nous laissâmes lâchement le saut sous un siège, et nous nous dépêchâmes de nous rendre chez notre tante. La tranquillité du soir fut encore dérangée par l'épisode de la fausse couche, la toute dernière de Maman. Ainsi fut stoppée la production familiale pour cette génération de Meunier.

Mais l'histoire n'était pas terminée. Lorsque, quelques jours plus tard, nous allâmes chercher la voiture réparée, Papa et moi, nous arrivâmes vers midi chez la tante. En quittant la voiture, nous pûmes constater que l'un des pneus était à plat. Il ne restait plus qu'à changer la roue. Papa, qui avait découvert rapidement que je me débrouillais mieux que lui pour cette activité, me tendit le cric, et nous eûmes donc la grande joie de passer un peu plus de temps avec Titine.

Celle-ci devait se rappeler de temps en temps à notre bon souvenir. Bien sûr, il fallut changer, l'un après l'autre, tous les pneus qui avaient roulé leur bosse un peu trop longtemps, si bien que le profil avait fini par disparaître. Pourtant, Papa leur prodiguait des soins fréquents, que j'étais chargé d'administrer. En particulier, il avait lu dans la notice d'entretien qu'il fallait croiser régulièrement les roues : la roue avant droite à la place de la roue arrière gauche et inversement, la roue avant gauche à la place de la roue arrière droite et inversement. Et pour cela, il fallait encore faire intervenir quatre fois la roue de secours. Cela faisait donc huit roues à enlever et à mettre. Évidemment, c'est à moi qu'incombait la réalisation des désirs paternels. Et comme le cric donnait des signes de faiblesse en se pliant sur le côté, il fallait que Papa le soutienne pour éviter qu'il ne se torde vraiment de rire, se plie et entraîne tout simplement la voiture dans sa chute.

Puis vint le problème du démarreur, lequel, comme nous avons eu le temps de l'expliquer, était une vulgaire tirette munie d'un câble ressemblant à un câble de frein de vélo. Un jour que Papa tirait dessus, le câble se rompit et la tirette lui resta entre les doigts. Lorsque le démarreur ne fonctionnait plus, il ne restait plus qu'à sortir la manivelle, un engin que les pionniers de l'automobile connaissaient bien. Il fallait introduire cette manivelle dans un trou du pare-chocs avant, puis, la tourner d'un geste énergique. En cas de retour de manivelle, c'est-à-dire au cas où la manivelle se mettrait à tourner à l'envers, il fallait la lâcher immédiatement pour éviter un choc traumatique. Et, bien entendu, alors que la voiture calait rarement, il suffisait que Papa ait peur de caler pour qu'il le fasse. Et alors commençait le numéro de cirque que le clown Zavatta n'aurait pas renié. Papa descendait, muni de sa manivelle qu'il gardait à portée de main. J'étais chargé de prendre sa place derrière le volant. Il enfonçait la manivelle dans le trou prévu à cet effet, faisait le geste idoine et, lorsque tout allait bien, le moteur se mettait à tourner. Sinon, il fallait recommencer l'opération. Lorsque le moteur montrait des signes de bonne volonté, j'appuyais sur l'accélérateur pour l'encourager à démarrer pour de bon.

Cela n'aurait pas été si grave s'il n'y avait eu les autres conducteurs qui, gênés par la présence de ce véhicule, se mettaient à klaxonner fiévreusement, comme si le klaxon pouvait déclencher le démarrage du moteur. Le résultat de ce concert, c'était que Papa devenait de plus en plus nerveux, ratant le démarrage, ce qui ne contribuait pas à la résolution de ce problème personnel qui était devenu celui de tous ceux qui se retrouvaient dans la queue, compagnons de galère du manieur de manivelle. Enfin, le moteur se lançait, et on pouvait avancer, tandis que les conducteurs les plus pressés nous doublaient, faisant des signes peu amènes à notre adresse, jusqu'à la prochaine occasion de caler.

Papa réussit une autre fois un tour de force. Le jour où la circulation changea sur les boulevards, passant des deux sens à un sens unique, nous descendîmes, comme tous les jours, jusqu'à la place Bellegarde. Là, nous tournions à gauche pour aller vers l'Ecole militaire. Papa n'était pas au courant de la modification, et nous partîmes, comme en quarante, à gauche, malgré les appels de phares et les coups de klaxons des autres conducteurs qui arrivaient en face, affolés de voir quelqu'un rouler à contresens. Nous réussîmes malgré tout à rejoindre la rue de l'école. Papa s'y engouffra : nous étions sauvés. Mais c'est en discutant avec ses collègues que Papa apprit qu'il était désormais interdit de remonter le boulevard. Il fallait à présent faire le tour complet de la ville, ou passer par-derrière, pour ainsi dire par la campagne. Pour le retour, qui avait lieu dans le bon sens, il n'y avait rien à changer. On rentrait même un peu plus vite qu'avant le changement de direction. Il fallait bien que ce changement nous apporte quelque chose, pour nous dédommager des ennuis qu'il entraînait.

Vacances plus tranquilles

Il y eut quelques vacances à Nice plus tranquilles. Par exemple, chez Tata Yvonne. L'oncle de son mari venait de prendre sa retraite de croupier à Lyon. Son neveu et sa nièce firent tout leur possible pour le convaincre de venir s'installer chez eux, à Nice.

Tonton Louis, alléché par la perspective d'une vie de coq en pâte au sein d'une famille qui désirait sa présence vida son appartement et déménagea, avec les meubles de sa chambre.

Il était installé depuis quelques mois lorsque je rendis visite à ma tante. Le tonton venait de sortir lorsque Yvonne, qui avait bien noté ses habitudes, nous invita à rentrer dans la chambre de Louis à la recherche de cachettes susceptibles d'abriter de l'argent.

La table du tonton comportait un compartiment secret. Il suffisait de séparer les deux moitiés de la plateforme, comme pour y mettre une rallonge, pour accéder au saint des saints.

Malheureusement pour tantine, il n'y avait pas le moindre billet. L'oncle était prudent. Ou alors, il avait déjà été tondu par ma tante. En effet, celle-ci avait déjà réussi à récupérer l'argent de la retraite, qui était livré à domicile par le facteur. Un jour que l'oncle était sorti, ma tante encaissa à sa place et omit de l'avertir de l'arrivée de l'argent. Ce n'est que lorsque Louis, qui s'étonnait de ne rien voir venir, annonça qu'il allait en toucher deux mots au facteur que ma tante se résolut à lui avouer son forfait, prétendant des difficultés financières. Ce brave homme, au lieu de lui passer un savon, lui dit : « Mais, Yvonne, tu aurais dû me le dire, que tu avais des problèmes d'argent. Je t'en aurais donné. »

Mais revenons-en à la fouille de la chambre. La tante ne fut pas tout à fait bredouille. Le tonton, qui sentait une poussée de printemps, gardait des lettres d'une inconnue qui lui annonçait qu'ils iraient ensemble cueillir les pommes d'amour dans son jardin. Elle ne précisait pas si c'était au propre ou au figuré. Ce n'est pas parce qu'on est retraité que l'on ne pense plus à la bagatelle, d'autant plus que l'on dispose de tout son temps.

Cela fit bien rire ma tante. Pourtant, cela démontrait que

l'oncle voulait prendre son envol, qu'il n'avait donc nullement l'intention de rester. Il cherchait l'âme sœur, et sitôt qu'il l'aurait trouvée, il abandonnerait sa nièce et mettrait sa retraite à l'abri.

Il ne lui fallut pas trop longtemps pour s'en aller. Je ne sais s'il avait trouvé chaussure à son pied ou s'il en avait eu assez de se faire plumer.

Les oiseaux migrateurs

À Aix, les jours de marché succédèrent les uns aux autres, à raison de trois par semaine. Les jours de vacances remplacèrent les jours d'école. Les vacances chez la grand-mère ou chez les tantes se suivirent. L'autoroute vers Nice s'allongeant chaque année un peu plus, le voyage fut plus facile. On passait désormais sur le pont du Reyran sans même y penser.

À l'école, chaque année nous rapprochait un peu plus de la fin de la scolarité. En 1965, je passai le bac et je commençai des études d'anglais, qui devinrent, en 66, des études d'allemand parce qu'ayant réussi le concours de l'IPES en allemand, je pouvais être payé comme un instituteur débutant à condition de devenir professeur d'allemand. C'était une motivation comme une autre. Gérard, lui, avait réussi le concours d'entrée à l'Ecole normale d'Instituteurs d'Aix en classe de seconde. Il devenait de ce fait interne et n'habitait certes pas très loin, mais quand même au dehors.

Les oiseaux commençaient à quitter le nid. Et les plus petits avaient eux aussi grandi. Le dernier, avec ses 9 ans, allait à l'école depuis un moment. Maman, en manque d'enfant en bas âge, aidait les voisins en gardant leurs enfants. Justement, un ancien séminariste qui étudiait la philosophie, et son épouse, infirmière hospitalière, qui, par son travail, assurait l'intendance, s'étaient installés dans l'appartement d'à côté. L'infirmière avait un horaire compliqué, et l'étudiant avait des cours à suivre à la fac, et quelques cours de philosophie à donner pour payer les desserts. Comme beaucoup d'étudiants de l'époque, il enseignait dans un lycée privé réservé à des enfants de gens aisés qui n'étaient guère intéressés par les études, mais qui arrivaient le matin en voiture, alors que le prof, lui, arrivait à pied ou à vélo. Ces filles et fils de richards avaient tendance à considérer le prof comme un domestique. Ils avaient le respect de ceux qui dépensent l'argent qu'ils seraient bien en peine de gagner eux-mêmes et non pas de ceux qui n'en ont guère, mais qui l'ont sué.

Essayer d'enseigner la philosophie dans de telles conditions, c'est un peu mission impossible. Mais l'important n'est pas d'arriver à faire boire des ânes qui n'ont pas soif. L'essentiel, c'est de gagner un peu d'argent, particulièrement mérité lorsque l'on pense aux conditions de travail.

Le petit Jean-Paul ne savait pas encore vraiment marcher. Il passait la journée soit à dormir, soit à s'amuser sur sa couverture étalée par terre. Son père l'amenait parfois promener dans une poussette style kart, mais sans moteur. Le moteur, c'était le père, qui poussait son enfant assis en lisant le journal. Un jour, quelqu'un l'arrêta sur le cours Mirabeau et, lui désignant un enfant à quatre pattes sur le trottoir, une centaine de mètres derrière lui, lui demanda si le bébé n'était pas à lui. Le père jeta un coup d'œil sur la poussette : il poussait une poussette que son habitant avait désertée, et il ne s'en était même pas rendu compte.

La grande joie de Jean-Paul, c'était le spectacle d'un coucou que nous avions rapporté, Gérard et moi, d'un séjour en Allemagne, et qui, un peu comme le cartel de notre grand-mère, combinait la musique et les coups de cloche, sauf que la musique était constituée des deux notes propres au chant du coucou. Le coucou et les cloches ravissaient le petit J.-P.

Quand on regardait de près le coucou, on voyait une tête de piaf complétée d'un bec articulé. Le corps était remplacé par une tige. Quant au cri, il était produit par deux soufflets triangulaires, mus par deux tiges métalliques fixées sur une roulette, l'un produisant la première note, l'autre la seconde. La roulette tournait, soulevant une des tiges, qui tirait son soufflet vers le haut, ce qui servait à le remplir d'air, tandis qu'elle tirait sur la deuxième tige, ce qui comprimait l'autre soufflet, chassant l'air vers un sifflet responsable de la note. Il suffisait de voir ce mécanisme simple et ingénieux pour voir disparaître la poésie du coucou chantant dans les bois.

Au cours des années suivantes, les oiseaux quittèrent le nid les uns après les autres. En 68, je me fiançai à Marie-Françoise, ma compagne d'aujourd'hui. Licence en poche, je partis fin octobre pour remplir mes fonctions d'assistant de français au lycée Hindenburg de Trèves, la plus ancienne ville d'Allemagne, située au bord de la Moselle.

Je revins pour Noël, juste pour voir mes fiançailles voler en éclat, ce qui causa la plus grande déception de ma vie.

J'ai appris beaucoup plus tard que Papa et Maman avait envoyé une lettre assassine à l'intention de Marie-Françoise, ce qui montre bien que cette rupture les avait frappés, voire choqués. S'ils m'en avaient parlé avant, j'aurais tenté de les en dissuader.

Je repartis en Allemagne en janvier, pour revenir avec Dorothea, qui ne pouvait pas être la femme de ma vie, puisque celle qui l'était m'avait chassé, et que je ne suis jamais arrivé à en faire mon deuil.

En juin 1970, je passai ma maîtrise de linguistique allemande moderne avec succès, et en août 1970, je me mariai, de bonne foi, mais en fait, le cœur dévasté, et incapable d'aimer vraiment. J'étais en fait une mauvaise affaire, une sorte de zombie de l'amour, mais je ne le savais pas. À cette occasion, toute la famille, parents et frères, vint à ce mariage. Papa conduisait à l'époque sa nouvelle 403 gris clair, avec des sièges revêtus de rouge. Celle-ci était munie d'une véritable quatrième vitesse, que Papa passait sans y penser. Ils avaient dû faire plusieurs étapes, mais ils avaient réussi à faire leurs 1 100 km sans problème. Ils apportaient dans le coffre plusieurs cartons de champagne Marie-Stuart. La secrétaire de Papa à l'école militaire, était de la famille produisant ce champagne et avait pu lui avoir des prix intéressants.

Le mariage eut lieu sans incident notoire.

Peu après, je rejoignis mon premier poste à Frévent, petite ville du Pas-de-Calais agricole. Papa et Maman n'eurent pas l'occasion de venir faire un tour au pays de la betterave sucrière. Ils auraient pu y découvrir une curiosité : une cuvette de WC érigée dans la cuisine, ce qui fait qu'on pouvait tourner la cuillère dans la soupe assis sur les toilettes. Ainsi, la combinaison cuisine / toilettes rappelait que les meilleurs plats finissaient dans les toilettes. Papa et maman n'ayant pas de téléphone, ni moi non plus, c'est exclusivement par lettre que le contact fut maintenu.

En septembre 1971, je partis avec Dorothea pour le Tchad, à Fort-Archambault, suer pour la patrie dans le double cadre du service national et de la coopération. Là aussi, le contact resta épistolaire. Après un petit séjour en France pendant les vacances se déroula la deuxième partie du séjour, cette fois à Sarh, la ville ayant changé de nom dans le flot des modifications dues à l'africanisation. L'ancien Fort Lamy était déjà devenu N'Djamena, pourquoi ne pas non plus débaptiser Fort Archambault ?

Entre-temps, Gérard était devenu instituteur, avait été nommé à Vitrolles, avant de quitter la région pour toujours pour aller rejoindre l'Abbé Pierre et les chiffonniers d'Emmaüs.

Il devait faire son service national comme objecteur de conscience, d'abord à Luxeuil, aux Eaux et Forêts, puis aux Chiffonniers d'Emmaüs. C'est là qu'il fit la connaissance de Bente, qu'il épousa pendant mon deuxième séjour au Tchad.

Papa et Maman, qui étaient heureux de voir leur deuxième fils casé lui aussi, durent se faire à l'idée que non seulement il allait s'installer au Danemark, donc au diable Vauvert, qu'il allait devoir apprendre le danois, ce qui, pour des non-initiés, n'était pas évident, et qu'en outre, il devrait le posséder assez bien pour pouvoir mener à bien des études d'instituteur, tout en travaillant à côté pour gagner sa pitance. Il y réussit, et tout le monde salua l'exploit.

Papa put croire que la lettre qu'il avait envoyée à la Reine du Danemark, elle-même mariée à un Français, pour qu'elle prenne soin de son fils, ce qui lui avait valu une réponse de la Dame de Compagnie royale, avait été utile à Gérard. Je n'en crois rien, mais l'intention y était.

Lorsque j'avais été nommé à Frévent, il avait envoyé une lettre à la gendarmerie locale, en demandant à ses confrères, au nom de la solidarité militaire, d'aider son fils aîné en cas de besoin. J'ai bien vu des gendarmes une fois, qui étaient, avec leur tact habituel, venus me rendre visite chez moi, vers 21 heures, avec leur gyrophare allumé, sous prétexte qu'ils recherchaient une Allemande de l'Est dont les papiers n'étaient pas en règle. Dorothea était, elle, Allemande de l'Ouest et ses papiers étaient irréprochables. Les voisins purent se demander pourquoi les gendarmes venaient si tard, gyrophare allumé, et constater, à travers leurs rideaux, qu'ils n'avaient emmené personne. Après tout nous venions d'ailleurs, et nous étions pour eux de parfaits inconnus. Nous habitions à Beauval, dans la Somme, alors que je donnais mes cours à Frévent, dans le Pas-de-Calais. Quant à Dorothea, elle donnait quelques heures d'allemand à Doullens, au nord de Beauval, mais toujours dans la Somme, et poursuivait des études de français en licence à Amiens, dans le sud du même département. Nous ne faisions donc rien à Beauval, à part y acheter notre pain, y habiter et vider notre poubelle régulièrement.

Nous retiendrons donc que Papa et Maman se faisaient du souci pour leurs ouailles, et qu'ils jouaient leur rôle de parents protecteurs et aimants au-delà des limites du raisonnable. Mais qui aurait pu leur en vouloir pour autant ?

En 1973 eut lieu le retour du Tchad. Mais cette fois, le poste suivant nous attendait à Bocholt, en Westphalie, près de la frontière hollandaise.

Éclosion des œufs

Lorsque Pascal, le premier petit-fils, naquit le 19 novembre 1974, Maman ne put s'empêcher de venir le voir. Pensez donc, le premier bébé de la famille, un authentique Meunier. Le dernier bébé, Philippe, nous avait quittés en 1959, voilà bien 15 ans. C'est tout ce temps qu'il avait fallu attendre le prochain bébé et, enfin, il était là. À peine la mère et l'enfant sortis de la clinique, Maman débarquait. Enfin, elle arrivait à Cologne, et j'étais allé la chercher à la gare. Il fallait être bien à l'heure car Maman, malgré son séjour à Rastatt, ne parlait pas la langue du pays, et aurait eu du mal à se débrouiller pour trouver son chemin. Quelque cent kilomètres plus loin, elle put ressortir tous ses guili-guili, les chansons qui avaient fait ses succès de mère : « La fourmi m'a mangé la main », « Meunier, tu dors », de circonstance, ou encore « Halli Hallo, voyez le chameau » encore que « Halli Hallo » en Allemagne, cela pouvait rappeler une autre époque, et une autre chanson.

Je pense que ce furent des jours de bonheur pour Maman, qui dut rentrer une semaine plus tard, car elle devait s'occuper de Georges et Yves, qui étaient grands, déjà, mais pour qui il fallait faire à manger, le repassage et tout le reste. Elle les avait confiés à Papa, et rentra les retrouver, ce qui libéra Papa qui put venir, à son tour, expertiser le Meunier nouveau qui venait d'arriver. Papa arriva, lui aussi, à Cologne. J'allai le chercher, lui aussi, et même si son contact avec le nouveau-né était plutôt sobre, il devait être heureux, lui aussi, de voir continuer la lignée. Il repartit, quelques jours après, retrouver l'autre génération et son épouse.

C'est en 1975 que nous eûmes enfin le téléphone. Sans pouvoir appeler Maman, étant donné qu'elle n'était pas équipée pour, on pouvait néanmoins joindre Papa directement dans son bureau. Il fallait encore écrire, ne serait-ce que pour envoyer des photos du petit-fils, et aussi pour que le contact ne soit pas rompu. Et c'est grâce au téléphone que je remarquai l'accent méridional de Papa, que je ne percevais pas en lui parlant directement.

Plus tard arriva Mathias au Danemark. La première fille née Meunier, depuis la tante Cécile, la sœur de Pépé Meunier, devait arriver le 3 janvier 1979 à Berlin, sous les traits de Corinne. Entre-temps, le 1er septembre 1975, j'avais obtenu un poste d'enseignant-chercheur à l'Université libre de Berlin. Il fallut donc déménager, passer de la Westphalie à la célèbre ville entourée d'un mur universellement connu, tellement que lorsqu'on dit « le mur », tout le monde comprend que c'est celui de Berlin, même si la plupart des gens ne le connaissent pas vraiment. Certains croient même que Berlin était à la frontière entre les deux Allemagnes, alors qu'il fallait faire dans les 200 km, une fois passée la frontière, appelée aussi « rideau de fer, pour joindre Berlin, ». L'ancienne capitale allemande était comme une île entourée de casernes soviétiques, en pleine Allemagne de l'Est.

Papa et Maman firent évidemment le voyage de Berlin, mais cette fois, en avion et ensemble. C'était un peu trop loin pour la voiture.

En 1980, la famille se réunit à nouveau. Yves, le « petit » dernier épousait Michèle. Pour cela, il fallut aller à Pontorson, dans la Manche, dernière ville sur la route du Mont Saint-Michel. À cet effet, les Danois vinrent du Danemark, les Berlinois d'Allemagne, et Papa, Maman et Georges vinrent d'Aix, en voiture.

Un album photos témoigne de ce voyage. Selon son habitude, Papa avait tout gardé : tickets, factures, cartes postales, menus, dépliants. Le guide Meunier, moins important que le Michelin, décrit les différents sites d'étapes.

Le 25 juillet, les Meunier partirent pour la première étape : Aix-en-Provence, déjeuner à Avezay, à 3 km d'Annonay, dans un restaurant « cher et très quelconque. À ne pas recommander. » Étape à Varennes sur Allier, au Nouvel Hôtel. « Très bien. À recommander. ». La deuxième étape amène via Moulins, Bourges, Thiénoux, Blois et La Mans à Conlie. Le restaurant de Thiénoux, l'Auberge de la Vallée, laisse un excellent souvenir, sauf les WC. Mais Papa ne précise pas ce qu'il a à reprocher au lieu d'aisance. L'hôtel, bien que modeste, est jugé très bon. Enfin, le 27 juillet, la

3e étape mène via Fougère à Pontorson, but du voyage.

Pour être plus tranquilles, nous avons loué deux gîtes ruraux dans le lotissement « Bords du Couesnon », ce fameux fleuve côtier « qui, dans sa folie, mit le Mont-Saint-Michel en Normandie ».

Les Méridionaux que nous sommes ne sont pas habitués à la Normandie. D'abord, aux marées. Quand on amène les enfants à la plage, qu'on les installe avec leurs seaux et leurs pelles au bord de la mer, ne voilà-t-il pas que celle-ci se retire. On redéplace les enfants, et elle continue à s'éloigner. Et si l'on reste suffisamment longtemps au bord de l'eau, celle-ci se remet à monter, et il faut redéplacer les enfants en sens inverse pour éviter qu'ils ne se noient.

Le 29 juillet, nous sommes allés voir la grande marée du mois, coefficient 98. Tout le monde a enlevé sa voiture du parking qui est censé disparaître sous les flots. Tout le monde ? Eh non. Une Citroën neuve, immatriculée 50, donc dans la Manche, a été oubliée par son propriétaire, pourtant familier des marées. À l'époque, on ne parlait pas encore d'Alzheimer, mais son propriétaire devait souffrir d'une insuffisance de mémoire. La mer montait, noyant le parking en pente. Elle a atteint les pneus, puis, s'est approchée lentement du bord des portières. La foule était partagée entre l'envie de voir la voiture se transformer en sous-marin, et celle de voir un surhomme intervenir pour sortir le véhicule de l'eau.

Finalement, et juste au moment où l'irréparable allait se produire, voilà l'arrivée du propriétaire qui, l'oreille basse, se dirigea vers sa voiture, les pieds dans l'eau, ouvrit la portière, monta à bord de son véhicule et le sortit de ce mauvais pas. On aurait pu croire qu'il était payé par le syndicat d'initiative pour amuser les touristes qui, soulagés, mais tout de même un peu déçus de ne pas avoir vécu la mésaventure jusqu'au bout, n'eurent plus qu'à rentrer chez eux.

Le 2 août à 16 h 30 eut enfin lieu le mariage. Il fallut d'abord attendre qu'une cérémonie qui était en train se termine, un enterrement. Mais ainsi va la vie. Les uns meurent, les autres se font baptiser, d'autres enfin se marient, et nous, nous étions là pour marier le petit dernier, Yves, qui, avec un tel prénom, ne pouvait épouser qu'une Bretonne, car la famille de Michèle, quoiqu'habitant à Pontorson, et donc, en Normandie, était originaire de Bretagne, comme le prénom de notre frère.

Si Léon Zitrone avait été présent, il aurait décrit Monsieur Guillet menant sa fille à l'autel, Maman guidant son fils avec le même but, l'échange des consentements et des anneaux le baiser entre les époux et la sortie triomphale avec tout le tralala de rigueur.

Le soir eut lieu le repas d'usage. Papa a conservé le menu. Mais ce qui a le plus marqué les esprits et les estomacs, c'était la palette de fruits de mer. Représentez-vous un Mont-Saint-Michel constitué de coquillages de formes diverses, mais tous dans les tons noir et blanc, parcouru de touristes bigorneaux, encore vivants, et que l'on vous propose de dévorer. D'abord, il aurait fallu savoir comment s'y prendre. Les tenir par la coquille, tandis que l'animal, privé de tout contact avec l'assiette, se cabrait, le tirer vivant de son refuge calcaire avec une fourchette à escargot et l'avaler vivant, donc, tout cru, et tout frémissant ? Ou encore, dans une version sans outil, profiter de ce qu'il allongeait son corps pour l'enfourner dans la bouche tout en tenant la partie dure entre le pouce et l'index, et, par une forte succion, détacher le corps mou de son habitacle et l'engloutir.

Outre le problème technique se posait celui de la déglutition. Je ne me voyais pas l'avaler en l'imaginant vivant, atterrir dans mon estomac. Pourquoi n'aurait-il pas alors tenté de remonter le long de mon tube digestif pour tenter une sortie ? A moins, bien sûr, qu'un deuxième coquillage fraîchement englouti ne lui tombe dessus, le précipitant dans sa chute vers les abysses digestifs.

Non, vraiment, je ne me voyais pas manger ce genre d'animal sans un haut-le-cœur qui le réexpédierait immédiatement vers la sortie, peut-être même accompagné d'un florilège de produits en voie de digestion. Je fis signe à l'un des serveurs, et je lui demandai s'il n'avait pas du saucisson. Je donnais comme raison une vague allergie aux coquillages. Le serveur, qui apparemment réprouvait cet échange, reprit donc le plat en hochant la tête et m'apporta une assiette de charcuterie plus compatible avec mes possibilités gastronomiques.

D'autres eurent moins de chance que moi. Le marié fut malade, notre frère Gérard aussi, si je me souviens bien. Quant à Maman, elle disparut aux toilettes. Ne la voyant pas revenir, je me levai pour aller à sa recherche là où le roi va à pied. Elle devait se trouver aux toilettes dames. Comme il n'y avait personne que je puisse choquer, j'entrai donc dans la pièce. Ne voulant pas m'acharner sur chaque poignée, l'une après l'autre, j'appelai à la cantonade « Maman, tu vas bien ? ». Une voix très faible se fit entendre, venant de l'une des cabines. Je finis par comprendre que Maman, venait de rendre, selon l'expression populaire, « les tripes et les boyaux », mais que quand elle avait voulu sortir, elle avait actionné la poignée, qui lui était restée dans la main. Alors, désespérée par cet enchaînement de coups du sort, et ses forces ayant été annihilées par les spasmes répétés de son estomac, elle s'était assise sur le rebord de la cuvette, attendant un hypothétique sauvetage ou une mort réparatrice.

Il fallut aller chercher un responsable qui, muni d'une clé de secours, eut tôt fait de libérer Maman.

Premiers craquements

Tandis que Papa et Maman se réjouissaient du mariage du petit dernier, et de l'arrivée d'une nouvelle fille dans la famille en la personne de Michèle, ils commençaient à se faire du souci à propos du ménage de leur fils aîné.

Ce n'est vraiment pas facile de faire face à ce genre de crise, mais lorsque l'on ne se sent pas bien avec une femme, et même si l'on a des enfants, et que l'on s'imagine que l'on devrait vivre cette vie jusqu'à ce que la mort nous sépare, on est pris de vertige. Lors de notre bref séjour à Pontorson, ma femme avait mis toute ma famille au courant des difficultés que nous affrontions dans notre couple. J'étais en fait le seul à ne pas savoir que tout le monde savait. Lorsque nous sommes rentrés à Berlin, nous avons fait étape à Münstereifel, chez ma belle-mère. Celle-ci, également au courant, m'avait pris à part et m'avait raconté, pour me faire savoir combien elle tenait à sa fille, comment elle avait elle-même été violée par un soldat soviétique juste après la fin de la guerre. Ce dernier, qui vivait dans la maison de la famille, avait des visées sur cette femme qu'il croisait tous les jours. Mais il n'osait pas passer à l'acte. Comme ses camarades se moquaient de lui, il avait parlementé et il en était arrivé à ce viol à l'amiable, qui devait assurer sa tranquillité et celles de la famille de la victime. Inutile de dire que ce genre d'histoire ne vous met pas à l'aise, surtout venant d'une belle-mère qui, dès le début, m'avait dit qu'elle n'avait rien contre moi, mais rien pour moi non plus. En fait, elle m'avait raconté tout cela pour me faire comprendre que son mari et elle, après avoir attendu de voir si elle était enceinte du Soviétique, ce qui n'était pas le cas, avaient décidé de faire un enfant pour remettre les choses d'aplomb, et que c'est ainsi qu'était née Dorothea.

Ma belle-mère était tout le contraire de ma mère. Elle n'aimait qu'elle-même et ne parlait que d'elle. Lorsque l'un de ses petits-enfants voulait lui dire quelque chose, elle l'éconduisait pour pouvoir continuer à parler d'elle, ou à la rigueur de son père, Max, haut fonctionnaire de l'administration, un Lorrain de langue allemande qui avait décidé, au retour de la Lorraine dans le giron français, de se rendre à Berlin pour y travailler au ministère chargé de la recherche.

Je quittai le domicile conjugal, mais sans abandonner les enfants, en janvier 1981. Et c'est par une collègue que j'ai appris, en me rendant à mon travail, que ma mère était à

Berlin. Elle avait été avertie par Dorothea et elle avait fait le voyage, pour prêter main-forte à sa belle-fille, ou peut-être pour me ramener à la raison. Je l'ai invitée le soir au restaurant et nous avons parlé. Elle a bien compris que je n'avais pas l'intention de rentrer au bercail.

Le lendemain, j'appris par la même collègue que Maman avait dû rentrer en catastrophe en France parce que Papa avait eu une attaque, un AVC, dans la rue, et qu'il avait été amené sans connaissance à l'hôpital d'Aix.

Coups durs

On a beau savoir qu'on n'y est pour rien et qu'un AVC vient plutôt de mauvaises habitudes alimentaires, Papa étant en surpoids, comme Maman d'ailleurs, on ne peut s'empêcher de se demander si les soucis qu'on a pu causer n'avaient pas un peu aidé au déclenchement de cette attaque.

Une fois le semestre terminé, à la mi-février, j'ai pris le train pour Aix. Papa allait mieux, mais il était clair qu'il garderait des séquelles : il était désormais hémiplégique. Il avait perdu l'usage de sa main droite. Il ne pouvait plus marcher qu'en lançant la jambe droite. Grâce à une canne tripode, et avec beaucoup de courage, il allait pouvoir remarcher, aller au moins aux toilettes ou aller boire dans la cuisine de façon autonome. Il allait se mettre à écrire de la main gauche, suffisamment pour faire ses mots fléchés. Lui qui avait eu une écriture soignée, se retrouvait avec une graphie maladroite. Son kiné Monsieur Max allait l'accompagner de nombreuses années et le faire descendre dans le jardin, puis remonter , en veillant à ce qu'il se tienne, de sa main valide, à la rampe qui avait été installée pour lui par le syndic de la maison.

Maman se retrouvait dans une situation inédite. Elle qui aimait s'occuper des bébés incapables de se débrouiller seuls se retrouvait avec un adulte qui n'arrivait pas à se laver sans aide, n'arrivait pas non plus à s'habiller. C'est une infirmière qui s'occupa de lui tous les jours pour l'aider à se laver et à s'habiller.

Maman pouvait le laisser seul le temps d'aller faire les commissions. Papa se débrouillait, écoutait la radio ou regardait la télé, ou même lisait le journal. Il lisait encore des livres. Il pouvait aussi aller seuls aux toilettes. Il lui est bien arrivé de temps à autre qu'il s'assoie à côté du siège. Il était alors resté assis, attendant que Maman revienne et l'aide à se rasseoir Ce n'est pas si simple lorsque quelqu'un est lourd, et surtout qu'il est, comme on dit dans la marine, peu manœuvrant et se laisse pendre sans aucune tonicité.

Jamais Maman ne s'est plainte. Elle a toujours été exemplaire. Ce qui lui manquait le plus, c'est qu'elle était coincée à Aix. Ils ont bien essayé de se rendre chez leurs enfants à Berlin, ou au Danemark. Et puis, un jour, ils sont restés coincés avec le fauteuil dans un ascenseur à Marignane, ont failli rater l'avion, et ils ont abandonné toute velléité de voyager. Maman allait aussi autrefois voir sa sœur Marie à Nice. Ce n'était plus possible. Je pense que c'était cela qui lui pesait le plus : le sentiment d'être prisonnière, ou en résidence surveillée.

Pour voir nos parents, nous qui habitions loin, nous étions obligés de passer chaque fois nos vacances à Aix, ou dans la région. Heureusement, la Provence n'est pas le lieu le plus désagréable pour passer ses vacances. Et puis, la mer s'est pour ainsi dire rapprochée depuis la construction de l'autoroute qui va désormais jusqu'à la côte.

Papa et Maman, après avoir quitté Beisson, avaient aménagé dans une cité toute neuve, au Jas-de-Bouffan. L'appartement était situé au second. Il était mieux construit que celui de Beisson, avait le chauffage central, et un beau balcon. De grands placards permettaient de tout ranger. Et de plus, il y avait, à cent mètres derrière le bâtiment, un Hyper Rallye, avec toute sa galerie marchande. De plus, l'accès en venant de la ville était plus plat, même si le chemin était très long, et l'on passait le long du Jas-de-Bouffan, une grande Bastide dans laquelle avait vécu Paul Cézanne.

Malheureusement, les voisins étaient moins intéressants. En particulier, ceux du dessous avaient un fils qui avait été arrêté alors qu'il dévalisait des touristes sur les parkings d'autoroute. Comme il utilisait sa propre voiture, il avait été identifié rapidement. Au cours d'un séjour d'une année en prison, il apprit à voler une voiture avant de se livrer à ses activités coupables. Voici donc encore un exemple saisissant de reconversion professionnelle en prison.

Un jour qu'ils rentraient d'un voyage chez leurs enfants, ils trouvèrent l'appartement cambriolé. Plus que le vol, qui était demeuré assez modeste, c'est le sentiment de ne pas être à l'abri chez soi qui les choqua. Ils s'empressèrent de trouver un appartement dans une résidence privée, loin des HLM, et prirent un appartement au premier étage d'une petite résidence, 32 avenue Philippe Solari, au pied de la cité Beisson. Il n'y avait plus désormais à gravir la côte, et la ville au pied de la cathédrale n'était pas très loin. Les voisins étaient fréquentables, le jardin à l'ombre de pins parasols géants, et un médecin était établi dans leur immeuble, au rez-de-chaussée.

Désormais, les semaines se succédèrent, toujours semblables. Mardi, jeudi et samedi, Maman faisait les commissions au marché. Pour deux chats, il y avait moins à transporter que lorsque tous les enfants étaient là. Monsieur Max, le kiné, venait vers onze heures pour faire marcher Papa. Ils descendaient l'escalier, faisaient le tour du bloc, et remontaient. Papa se rasseyait alors dans le fauteuil, près du téléphone. Comme il se rasseyait en se laissant tomber, vu qu'une seule de ses jambes le portait vraiment et qu'il ne pouvait pas amortir la descente en se tenant des deux bras, le gauche seul étant valide, il avait fallu changer deux des six lattes qui soutenaient la partie où reposait le coussin. C'est moi qui m'en suis chargé, lors d'une de mes visites annuelles.

Ils n'avaient plus tellement de visites, les anciens collègues militaires, ceux du collège où il avait travaillé en dernier, et même le prêtre qui dirigeait le collège, qui n'avait pas dû bien lire les Évangiles et qui n'avait apparemment pas compris le message d'amour envers les plus faibles de son supérieur le Christ, tous donc, évitaient de venir le voir. On avait l'impression que la fréquentation d'un handicapé qu'ils avaient connu valide ne les tentait pas beaucoup. Cela tombait bien, puisque Papa, qui était un homme d'une grande modestie, ne voulait pas se donner en spectacle. Il se sentait diminué, et ne voulait pas susciter de sentiments de pitié. En fait, un couple leur était encore fidèle : les Combes, leurs anciens voisins de Beisson n'hésitaient pas à venir. Pourtant, on les avait toujours considérés comme des gens superficiels. Lui faisait des plaisanteries basiques, du niveau du coussin péteur. Quant à elle, elle avait un jour soulevé, au monoprix, une voisine qui l'accompagnait, une femme de petite taille, un peu bancale, l'avait posée dans un chariot et l'avait roulée de force jusqu'à la caisse, alors que la pauvre femme se cramponnait pour ne pas tomber. Ou alors, en arrivant à la caisse, elle disait, désignant sa voisine : regardez cette femme, elle n'a pas de culotte. La voisine, honteuse, bien qu'elle eût une, enfin, nous le supposerons, piquait un fard, tandis que Madame Combes se bidonnait. Eh bien c'étaient justement de telles personnes qui étaient fidèles en amitié, et osaient venir régulièrement voir mes parents, leur parler du passé.

L'autre diversion, c'était la visite des enfants et des petits enfants. Ce n'est pas facile de garder un bon contact par-delà mille kilomètres, mais les parents avaient enfin obtenu un téléphone, qui aidait bien, par des appels réguliers, à garder actif le lien. C'est généralement en été que se succédaient les fils avec leur famille respective, les uns plus souvent, d'autres moins.

Chaque année, les enfants avaient pris un an de plus, s'accompagnant de quelques centimètres.

« Mon Dieu, comme ils ont grandi ! » s'écriait régulièrement Maman.

Et puis, le vendredi 11 février 1994, à 7 heures 30 du matin, alors que je me préparais à partir pour assurer mes cours à l'université, un coup de téléphone retentit. J'allai décrocher. C'était Maman. Papa avait eu un malaise le matin. Les pompiers étaient là et essayaient de le ranimer. J'essayai de la tranquilliser, tout en me sentant tout chose. Je lui dis que je devais aller au boulot, et que je lui retéléphonerais dès mon arrivée.

C'est les jambes molles que je pédalai dans le froid jusqu'à la fac et mon bureau. De là, je téléphonai pour apprendre que tout était fini, que les pompiers étaient partis, et que Maman se trouvait en compagnie de voisins. Non seulement elle était choquée, mais en plus, le corps de Papa était encore dans le lit, et elle devait passer à côté de lui pour aller prendre des vêtements, de l'argent ou des papiers dans son armoire. Et de plus, il fallait encore organiser les obsèques. Heureusement, la famille s'apprêtait à converger vers Aix, mais si les Marseillais pouvaient venir assez vite, les Bretons et les étrangers, Danois et Allemands, devaient encore franchir entre mille et mille six cents kilomètres.

En ce qui me concerne, je devais encore organiser les examens correspondant à mes cours de grammaire et de phonétique, qui devaient avoir lieu la semaine d'après. Trouver un collègue un vendredi semblait difficile, voire impossible, vu que j'étais le seul à accepter de faire cours en ce jour de veille de week-end. Tout étant déjà prêt, je n'avais plus qu'à rassembler les exemplaires de tests à distribuer, et à téléphoner à ma collègue Dominique, avec laquelle je partageais un bureau. J'eus bien sûr droit à des condoléances, sincères de surcroît, et je pus me préparer, mes quatre heures de cours passées, à aller chercher un billet d'avion pour le lendemain.

Une page se tourne

Le lendemain, Yves vint me chercher avec sa voiture à l'aéroport. Nous nous retrouvâmes très vite avec Maman. Pleurs, émotion, recueillement devant le corps de Papa, mort d'une rupture d'anévrisme, qui avait été préparé pour tenir jusqu'à mardi, premier jour possible des obsèques. Papa voulait être enterré dans le caveau de famille construit à Nice, au cimetière de l'Est. Sa belle-mère l'avait inauguré. Il allait la retrouver, en attendant Maman. La quatrième place n'était pas encore distribuée, mais nous allions voir quelques années après qu'il n'était pas difficile de trouver un colocataire, les places étant chères.

Nous étions nombreux dans l'appartement, et Papa tenait beaucoup de place. Il fallut passer le week-end tant bien que mal, en pensant beaucoup à Papa, que l'on pouvait voir, de temps à autre, quand on allait chercher quelque chose dans la chambre. En fait, à une époque où les gens naissent et meurent à l'hôpital, où la personne décédée est mise au frais dans une morgue, on n'a pas vraiment l'occasion de se rendre compte du décès. Mais lorsqu'on partage l'espace avec le mort, il n'est pas encore parti physiquement, même si, moralement, il n'est plus là.

L'enterrement eut lieu le mardi.

Il fallut assister à la fermeture du cercueil, qui fut scellé par un policier, étant donné qu'il fallait traverser une frontière entre départements, et même deux, d'ailleurs. Vraisemblablement, les autorités ont peur qu'en cours de route, on remplace le corps par celui de quelqu'un d'autre, mort par exemple dans un règlement de compte, et que l'on veut faire disparaître en douce. C'est dur à croire, mais même dans un pays aussi centralisé que la France, il existe des limites internes que l'on ne peut pas franchir impunément sans respecter les directives de l'administration.

C'est au moment où le couvercle vous cache le défunt que vous vous rendez compte que vous venez de le voir pour la dernière fois.

Le voyage à Nice derrière le corbillard se passa sans problème, et nous arrivâmes avant midi à Nice, au cimetière

Tout ça pour ça ...

de l'Est, où nous attendait ce qui restait de la famille niçoise.

Ma cousine Arlette et sa famille, son frère Michel. Papa avait été le parrain d'Arlette, laquelle avait dit, petite, à Maman qu'elle aurait voulu l'avoir pour mère.

Ses anciennes belles-filles, dont Dorothea, son mari, Pascal et Corinne, mes enfants, étaient venus tout exprès qui du Danemark, qui de Berlin. Papa fut très entouré, donc, au moment d'aller rejoindre sa belle-mère dans le caveau familial.

Bien que peu pratiquant, et c'est un euphémisme, Papa

avait tenu à ce qu'il y ait une bénédiction, laquelle fut assurée par un curé local en baskets, qui dit en gros ce qu'on lui avait suggéré. Et Papa disparut dans sa dernière demeure, sorte de salon en marbre, dont il avait lui-même initié la construction. Il restait deux places : l'une pour Maman, et une autre qui irait, selon le vœu de Maman elle-même, à sa sœur préférée, Marie.

Nous allâmes ensuite chez Arlette, puis, nous reprîmes le chemin du retour, le cœur plein de sentiments divers, souvenirs heureux et chagrin mêlés.

Le lendemain, je me retrouvai seul avec Maman. Il fallait écrire à toutes sortes d'assurances, de caisses de retraite, aux impôts, au trésorier général.

Pour la circonstance, j'avais sorti une vieille machine à écrire Olivetti, qui s'était retirée dans un placard pour y mourir tranquillement de vieillesse, et je tapai dessus toutes les lettres officielles.

Il fallut encore envoyer les faire-part aux gens que Papa avait plus ou moins connus, et parler avec Maman de l'organisation de son existence.

Comme elle avait, du fait de la maladie de Papa, pris les commandes, avec l'aide, pour les cas les plus difficiles, de Nelly et de Georges, ce ne fut pas si compliqué.

 Pour elle, la routine reprit ses droits, mais cette fois, la solitude en plus.

Elle se rendit plus souvent dans le jardin, fréquenta un peu plus ses voisins, et surtout, se mit à faire de longues promenades dans Aix, pour passer le temps et se maintenir en forme.

Elle fit aussi la tournée de ses enfants, se rendant tantôt chez l'un, tantôt chez l'autre, et les recevant aussi souvent que possible. Le téléphone assura encore plus fort le lien avec sa famille, et les photos de ses petits-enfants, qui grandissaient, que l'on envoyait par intermittence.

En 2000, elle se rendit au mariage de Pascal, à Berlin, le premier de sa génération à franchir le pas. Et puis, petit à petit, elle se replia dans sa coquille, ses seuls voyages étant ceux qui l'amenaient chez sa sœur Marie, qu'elle allait voir à Nice assez souvent. Elle restait quelques jours, puis, rentrait chez elle.

Le temps des maisons de retraite

Un jour, Michel, le fils de Marie, trouva sa mère en grande détresse. Elle avait laissé la porte de son appartement béante, ouvert le robinet de la cuisinière pour faire la cuisine et oublié d'allumer le gaz, lequel se répandait dans la cuisine. Bref, il était temps qu'on la mène dans une maison de retraite. C'est là que Maman alla la voir, prenant quartier à chaque visite chez Arlette.

Commença alors pour mes cousins une période difficile, Marie perdant lentement la tête, avait de plus en plus de mal à reconnaître ses enfants, et se réjouissant de la venue de ces gens dont la tête ne lui revenait plus, à la vue des gâteaux qu'ils lui apportaient. De plus, elle appelait son fils « monsieur » et sa fille « madame ».

Le spectacle de sa sœur l'affligeait, mais elle reconnaissait en cet être déboussolé, qui avait en outre perdu son dentier, puis ses lunettes, l'être qu'elle aimait sincèrement.

Maman était un être plein d'amour et de bonté. Elle était d'un courage et d'une fidélité à toute épreuve, et jamais elle n'aurait manqué d'aller voir celle avec laquelle elle s'était toujours bien entendue, pratiquement depuis sa naissance.

Elle me parlait aussi d'Arlette, pour qui cette épreuve était particulièrement pénible. Mais elle me disait aussi que Marie avait de la chance d'avoir des enfants qui, malgré tout, lui restaient fidèles.

Entretemps, j'avais retrouvé mon premier amour, Marie-Françoise, et après cinq ans d'allées et venues hebdomadaires par avion entre Berlin et Marseille, je pris ma retraite et m'installai à Marseille.

Désormais, j'allai voir Maman toutes les semaines, le mercredi. J'arrivais vers midi, mangeai avec elle, et je restais jusqu'à 17 h 30. N'étant pas motorisé, j'en avais pour deux heures de transports en commun dans chaque sens.

Nous avions le temps de parler un peu de tout, et nous regardions ensemble les informations de 13 heures. Quelquefois, nous débordions un peu sur un feuilleton dans le genre des « Feux de l'amour », qu'elle aimait bien regarder, et auquel je ne comprenais pas grand-chose, ne connaissant ni les protagonistes, ni les liens qui les unissaient, et encore moins leurs motivations.

Je profitais de ma présence pour effectuer les réparations nécessaires, changeais les ampoules grillées, ou les piles usées, rajoutais une prise ou réparais la machine à café.

Au cours d'une de nos discussions, je réussis à lui demander de me dire, même s'il n'y avait pas urgence, ce qu'elle souhaitait que l'on fasse pour l'organisation de ses obsèques : « Comme pour Papa. »

Il fallait aussi accompagner Maman chez le médecin : le dentiste, le rhumatologue pour son genou, le cardiologue. Cela allait de la prise de rendez-vous jusqu'à l'achat de médicaments.

Et puis, les ennuis commencèrent. Son médecin et son cardiologue venaient de décider de remplacer un de ses médicaments contre l'hypertension par un autre, qui venait d'arriver sur le marché. Le jour suivant, un mercredi, je sonnai à sa porte. Comme il n'y avait aucune réaction à l'intérieur, je sortis les clés que j'avais sur moi pour les cas d'urgence, ouvris la porte, et découvris Maman couchée par terre, en chien de fusil. Elle respirait, la tête dans son vomi, et s'était fait dessus.

Heureusement, elle reprit ses esprits au moment où je me penchai vers elle. Il ne me restait plus qu'à la laver, l'habiller et à la faire asseoir sur son fauteuil.

J'alertai son médecin traitant, qui était encore dans son cabinet, un étage plus bas, et qui monta rapidement. Il avertit le cardiologue par téléphone et ils décidèrent immédiatement d'un commun accord de supprimer le nouveau médicament, sans rétablir celui qu'ils avaient remplacé. A croire que celui-ci ne servait à rien.

Maman se retrouvait donc bizarrement avec un médicament en moins. Il ne lui en restait donc plus que deux au lieu de trois. Comme le cœur, les médecins ont leurs raisons que la raison ne connaît pas.

Quelques semaines plus tard, je reçus un coup de téléphone. Maman venait de tomber en sortant d'une boulangerie. Ses lunettes étaient tordues, les verres cassés. Heureusement, elle allait depuis vingt ans au moins chez le même opticien, lequel avait tous les paramètres pour faire de nouvelles lunettes. Le mercredi, jour de visite, je n'eus qu'à passer les chercher. Sans ordonnance, je payai le prix fort.

Même sans réglages, elles lui allèrent tout de suite. Qui plus est, sa monture lui plaisait particulièrement.

Et puis je remarquai de plus en plus de signes inquiétants. Lorsqu'on dut lui changer le chauffe-eau, je dus piloter le remplacement par téléphone. À l'arrivée du plombier, elle me téléphona pour me demander qui était cet homme. Elle qui avait dû éponger l'eau du défunt appareil répandue sur le sol, qui se lavait depuis deux jours à l'eau froide, avait complètement oublié le problème.

Elle me retéléphona alors qu'il venait de sortir chercher le nouveau chauffe-eau qui se trouvait encore dans sa voiture pour savoir où il était passé. Enfin, elle me retéléphona encore une fois à son départ pour savoir si elle devait le payer, alors que le changement du chauffe-eau incombait à son propriétaire, qui avait déjà donné son accord, ce que je lui avais déjà dit avant.

Quelque temps après, je constatai à mon arrivée que le frigo était bien vide. Maman avait beau m'assurer qu'elle était allée au marché la veille, j'avais du mal à la croire, même si elle avait l'air d'en être vraiment persuadée. Je dus donc en vitesse faire des courses pour que nous ayons de quoi manger à midi. Je dus y retourner après pour remplir le frigo.

C'est ce que je fis un certain temps chaque mercredi, jusqu'à ce que je constate que le frigo était presque aussi plein des mêmes choses que le mercredi précédent. La viande, vu sa couleur douteuse, semblait avoir dépassé la date de péremption. Cela voulait dire que Maman n'était plus capable de se servir dans le frigo pour se faire à manger, et que donc, elle ne mangeait presque plus. Et si elle avait eu l'envie de se faire cuire un steak, elle aurait risqué l'intoxication.

Un coup d'œil sur son pilulier montrait qu'elle complétait les cases dès que celles-ci étaient vides, au lieu d'attendre la fin de la semaine pour les remplir. Ainsi, le pilulier étant plein, il devenait impossible de savoir si elle avait déjà pris ou non ses médicaments contre la tension. De plus, on trouvait dans les tiroirs des pilules orphelines, sans boîte. Il y avait gros à parier qu'il s'agissait de pilules qu'elle aurait dû prendre mais qui, pour une raison ou pour une autre, lui avaient échappé. On ne pouvait pas savoir non plus si elle en avait pris une autre à la place ou non.

Je descendais de chez elle lorsque je rencontrai son voisin. Celui-ci m'avait dit qu'il avait dû chasser un visiteur de chez Maman, qu'elle avait laissé entrer parce qu'il avait dit qu'il venait contrôler la chaudière à gaz, et dont elle n'arrivait pas à se débarrasser. Heureusement, elle avait laissé la porte de l'appartement ouverte, ce qui avait permis au voisin d'intervenir pour chasser l'intrus.

Ainsi, Maman n'était plus capable de faire ses commissions ni de se faire à manger. Elle ne pouvait plus surveiller sa prise de médicaments, et ouvrait à n'importe qui.

Enfin, un mercredi, je retrouvai le téléphone débranché, son fil enroulé autour du combiné, comme pour une alouette sans tête. Je compris immédiatement pourquoi, la veille, je n'avais pas pu la joindre.

Il était urgent d'agir. La première solution à envisager fut l'aide à la personne. Je pris donc contact avec une association aixoise. Une dame nous rendit visite, à Maman et à moi, pour mettre au point la stratégie à appliquer. Nous nous mîmes d'accord sur une intervention trois fois par semaine, les jours de marché. L'intervenante devait faire les commissions avec Maman, l'aider à faire la cuisine et ne la quitter que le repas terminé. Pour gagner du temps et simplifier le problème, j'avais prévu un menu pour chaque repas de midi de la semaine que j'avais écrit sur une feuille de papier que j'avais collée avec du ruban adhésif sur le carrelage de la cuisine, au-dessus de la table.

Le problème, c'est que, pour éviter que les intervenants ne se mettent d'accord avec les clients et ne traitent certains services en cachette de la direction, l'association ne donnait pas le numéro de portable de ses employés. Il était donc impossible de se mettre d'accord avec eux sans passer par un supérieur. Il n'était en particulier pas possible de préciser des détails au téléphone. Ainsi, j'espérai, sans en être sûr, que l'intervenant verrait la feuille des menus et comprendrait de quoi il s'agissait.

Lorsque j'arrivai le mercredi, je vis dans le frigo six escalopes empilées dans une assiette, dont une partie couverte de champignons verts. Maman avait fait acheter des escalopes pour une équipe de rugby, mais comme elle n'en avait pas mangé une seule, celles-ci avaient moisi.

Les menus avaient été arrachés et remplacés par une feuille portant un texte écrit par Maman. Elle avait pris exemple sur mes menus pour en écrire d'autres plutôt délirants.

Aux problèmes déjà rencontrés, il fallait ajouter un possible empoisonnement par de la nourriture avariée.

J'avertis la direction de l'association par téléphone. On me répondit que comme on se trouvait en août, donc, en période de vacances, l'association avait du mal à envoyer toujours la même personne chez le même client. Elle utilisait des étudiants qui n'étaient pas toujours disponibles.

Je me demandais comment faire pour régler le problème, mais le sort m'apporta une solution le lendemain. L'intervenant me téléphona de chez ma mère pour dire que celle-ci était tombée par terre. Je lui dis de prendre contact avec le médecin, dès que celui-ci aurait ouvert son cabinet. En attendant, je pris le chemin pour Aix. Une fois arrivé, je trouvai Maman dans un état pas très brillant. Le médecin, auquel je m'adressai quelques minutes après, me fit comprendre que ma mère ne pouvait plus rester seule. Elle risquait, à l'en croire, d'ouvrir le gaz et de provoquer une explosion, ce qui, pensai-je, serait d'autant plus grave que son cabinet se trouvait à proximité.

Après avoir téléphoné avec Marie-Françoise, puis Georges, je préparai un sac, y mis des vêtements de rechange, appelai un taxi et nous descendîmes, après avoir tout fermé.

Le sac n'était pas lourd, mais Maman était flageolante, et il fallait la maintenir fermement. Nous prîmes donc le chemin de Marseille. L'objectif était d'amener Maman chez Georges, qui disposait d'une chambre d'ami, que Maman avait souvent occupée, et d'y passer les quelques jours d'attente la séparant d'une entrée pour bilan à la clinique de Bonneveine.

MARSEILLE

Le moment du bilan

L'entrée à Bonneveine se fit à la date prévue. Je l'y emmenais. On l'installa dans une chambre qu'elle dut partager avec une dame de son âge, qui était tombée dans sa salle de séjour, fracassant une table basse en verre, ce qui expliquait les nombreuses blessures qu'elle avait aux bras et au visage. Elle s'était fait une spécialité des chutes dont elle venait soigner les suites dans cette clinique, où elle commençait à être connue.

Les médecins ne trouvèrent pas grand-chose d'inconnu. Ils modifièrent le traitement cardiaque de Maman, diagnostiquèrent des problèmes de mémoire, parlèrent d'Alzheimer. En tout cas, ils nous conseillèrent de chercher une place en maison de retraite, et lui trouvèrent, en attendant, une place dans une maison de repos à l'autre bout de la ville.

Finalement, nous trouvâmes une place rapidement dans une maison de retraite située dans le huitième, où Georges et Nelly vivaient, et ou Marie-Françoise avait son cabinet.

Une visite préliminaire nous permit, à Georges et à moi, de nous rendre compte de l'état de la chambre et des possibilités offertes par la maison de retraite. La chambre individuelle avec balcon était en réfection. Maman serait installée en attendant avec une dame, sourde comme un pot, Allemande de naissance. C'était une femme massive, plutôt grande, tranquille, mais qui poussait le volume de sa télévision pour suivre ses émissions favorites, naturellement pas celles qu'aimait Maman. Mais il s'agissait de tenir quelques jours, en attendant que la chambre individuelle soit prête.

Et le grand jour vint où Maman prit possession de sa chambre.

L'installation définitive

La chambre était assez vaste. Elle comprenait un lit médicalisé, une table de nuit, et en face, une table fixée au mur comportant un tiroir à gauche, et deux compartiments ouverts.

À droite, près de la sortie, une armoire à deux portes abritait à gauche les vêtements pliés, et à droite les vestes, jupes et manteaux sur cintres.

Sur la grande table, on avait mis la télévision, une Samsung de 80 cm de diagonale, un cadeau commun de ses quatre fils, qu'elle avait apportée de son logement, et une radio que je lui avais achetée à Aix. À droite de l'appareil, il y avait une place utilisée pour prendre le petit-déjeuner, et à l'extrémité droite, contre l'armoire, on avait mis un frigo à absorbeur, totalement silencieux, et qui devait conserver l'eau et le chocolat, été comme hiver, un cadeau de Marie-Françoise.

Sur la table de nuit, on avait posé un téléphone, celui-là même qu'elle utilisait à Aix, et un réveil piloté par radio, qui se mettait à l'heure tout seul, y compris au passage de l'horaire d'hiver à celui d'été, et inversement.

La table de nuit abritait un tiroir et un compartiment fermé par une porte.

Comme Maman avait peur qu'on ne lui vole ses affaires, j'allai chercher une clé pour l'armoire. La directrice m'apporta un tiroir plein de clés identiques, et m'en fit choisir

deux. Chacun pouvant avoir une de ces clés, je lui changeai la serrure de la porte de gauche et, jusqu'au dernier jour, elle se servit des deux clés pour mettre ses affaires à l'abri.

La Maison de Retraite

Libérer l'appartement

Une fois la chambre occupée, il fallait encore libérer l'appartement, qui n'avait pas été rénové depuis que Gérard avait refait la salle de séjour et l'entrée, et que j'avais refait les chambres et la salle à manger, autant dire depuis une éternité. Il allait falloir vider un appartement de quatre pièces de tous les souvenirs qui s'y étaient accumulés, se débarrasser des meubles, enlever les fils électriques externes et les rallonges ajoutées pour le confort des occupants, reboucher les trous, réparer ce qui ne fonctionnait plus et faire les propretés. Bref, il fallait faire oublier plusieurs dizaines de vie domestique.

Pascal se proposa pour venir aider. Gérard devait venir avec ses deux fils. Comme trop de cuisiniers gâtent la sauce, et que l'on risquait de se marcher sur les pieds, je remerciais Pascal pour sa proposition et lui dis que nous étions assez nombreux. Je compris plus tard que j'avais, en ne voulant pas le déranger, raté l'occasion d'être un peu avec lui et de partager une expérience commune.

J'avais trouvé dans le journal l'adresse d'une association, les Compagnons d'Yzeü, qui annonçait qu'elle vidait les appartements gratuitement, se payant par la revente des meubles et objets qu'elle emportait. Le produit de la vente était censé aller à des œuvres caritatives. C'était exactement ce dont nous avions besoin pour libérer l'appartement.

Ce qui était alléchant au départ se révéla être un problème. Ces gens travaillant bénévolement, on ne pouvait rien leur imposer. Le premier jour, ils sont arrivés à deux, avec une camionnette Ford déjà à moitié pleine d'un fatras indescriptible, donc incapable de contenir nos objets qu'ils étaient censés emporter.

Le chef d'équipe, prénommé Patrick, fronça le sourcil en voyant ce qu'il y avait à emporter. Comme dans un dessin animé, j'imaginais au-dessus de sa tête une bulle contenant une caisse enregistreuse qui, ne sonnant pas assez souvent à la découverte de chacun des objets, finit par se coincer. Il s'attendait peut-être à tomber sur la caverne d'Ali-Baba, et se retrouvait devant un appartement de personnes âgées, empli d'objets archaïques, trop vieux pour être vendus en tant qu'objets utiles, mais pas assez pour passer pour des antiquités monnayables.

Étant donné leur manque d'enthousiasme d'une part, et la nécessité de les faire revenir plusieurs fois d'autre part, je compris rapidement qu'ils risquaient fort de nous claquer entre les doigts. Une fois les objets les plus intéressants emportés, ils traîneraient les pieds pour revenir chercher le reste.

Je leur promis donc deux choses : une prime de 100 euros lorsque l'appartement serait vide, et un site sur internet, que je leur ferai moi-même sur mesure.

En fait, nous eûmes assez peu de choses à faire, à part les motiver. Curieusement, ils jetèrent sans ménagement la chaîne stéréo, le lecteur de CD, alors qu'ils auraient pu les revendre. Ils détruisirent la plupart des meubles. Ils s'intéressèrent en fait seulement aux objets que nous avions décidé de garder pour nous. À propos d'un vase, le chef d'équipe expliqua qu'il l'aurait bien offert à une amie, sans doute une nécessiteuse, ou une SDF sans logement, mais équipée d'une poussette qu'elle mourait d'envie de décorer d'une poterie...

À part tout emporter à la déchetterie, je ne voyais pas trop ce qu'ils pouvaient faire des objets détruits. Comment faire pour en tirer quelque argent ?

Gérard étant reparti avec ses deux fils, c'est moi qui fis le dernier voyage avec les compagnons. Je leur remis les 100 euros, leur demandai ce qu'ils voulaient voir figurer sur

leur site, et nous nous quittâmes presque chaleureuse-
ment.

Il me fallut six sacs de 120 litres pour jeter tout seul ce qui
restait dans la cave.

Le lendemain, je revins de Marseille en bus. Sur le chemin,
je m'arrêtai dans un magasin de bricolage pour y acheter
une bâche de protection, un rouleau, un pinceau et un
grand pot de peinture. Il fallut transporter tout cela à pied
jusqu'à l'appartement.

Il restait un tabouret pour repeindre le plafond et le haut des
murs de la cuisine. Il me fallut toute la journée pour peindre
deux fois la cuisine, la salle de bains et les WC. Le soir,
vers 17 heures, je repris le chemin du retour.

Le lendemain devait avoir lieu, en début d'après-midi, l'état
des lieux et la remise des clés.

J'étais là à dix heures déjà, pour balayer et passer la ser-
pillière.

L'envoyé du syndic mena l'opération rondement. Il remarqua bien quelques défauts, mais finit par accepter mon travail, reçut les clés et me donna une attestation de remise
des clés. Il promit de rembourser la caution en virant la
somme correspondante sur le compte de Maman un mois
plus tard.

On pouvait cocher l'épisode « vider l'appartement, refaire
les propretés, rendre les clés ». Il ne restait plus que « faire
un site pour les compagnons d'Yzeü », ce qui fut fait dans
la semaine suivante.

Nous quittions ainsi pour toujours l'appartement où était mort Papa. Mais lorsque je ferme les yeux, je revois la chambre telle qu'elle était, et je peux bien, en insistant un peu, y deviner la forme du corps, reposant sur le lit, et qui avait abrité l'esprit de mon père. Quand on est athée, comme moi, on ne se fait aucune illusion sur un monde après la mort, peuplé de défunts qui attendraient l'apocalypse et qui, pour passer le temps, seraient pressés les uns contre les autres, accoudés à la rambarde du balcon céleste, occupés à observer leurs descendants en train de crapahuter sur le globe terrestre.

D'ailleurs, en tant que survivant, si l'on croyait cela possible, on n'oserait plus rien faire, pas même aller tranquillement aux toilettes, sous le regard, même bienveillant, de nos ancêtres ou parents, appuyés sur la rambarde du balcon céleste.

Maman, qui n'avait pas été témoin de la liquidation de son appartement, s'était habituée étonnamment vite à sa nouvelle vie.

La journée type à la maison de retraite

Corinne et sa grand-mère

Les journées se ressemblaient furieusement. Lever le matin à partir de huit heures, petit-déjeuner, toilette que Maman faisait seule, au moins si on la croyait.

Les mercredis et samedis

159

s'y ajoutait une douche.

Ensuite, Maman descendait prendre position dans la petite salle ouverte à tous les vents, située en face du comptoir de l'accueil.

Elle y retrouvait toujours les mêmes résidentes qui, bien qu'elles n'aient pas de place attitrée, s'asseyaient toujours dans la même région.

Venait ensuite le repas de midi, chacune s'asseyant toujours à la même place.

Après le repas, les unes allaient faire la sieste, tandis les autres, dont Maman, allaient reprendre leur position sur leur perchoir, face à l'accueil.

Corinne venue de Berlin en visite

L'après-midi, certaines résidentes recevaient la visite de leur famille, ce qui apportait un peu de vent frais de l'extérieur, même pour celles qui n'avaient jamais de visite.

À 18 heures venait le repas du soir. Que ce soit par leurs propres moyens à pied, avec ou sans canne, avec ou sans déambulateur, ou encore poussées dans leur fauteuil par des aides-soignantes, les résidentes et les rares résidents rejoignaient leur place dans la salle à manger. Les préposées au service étant pressées de rentrer chez elles, elles pressaient le mouvement, et celles qui ne savaient plus se plaindre étaient vite dépossédées de leur assiette leur assiette. « Vous avez fini. » n'était plus une interrogation polie,

mais une constatation, et peut-être même une me-
nace.

Les résidentes se plaignaient de ce que le repas ait lieu
aussi tôt, surtout en été, où il faisait jour pendant plusieurs
heures après. Mais comme les femmes de service étaient
pressées de rentrer chez elles, l'argument ne portait pas. Il
avait même fallu l'intervention de la directrice pour que le
repas n'ait pas lieu encore plus tôt : dix-huit heures, et pas
une minute avant.

Les aides-soignantes veillaient alors à tout ce que ce petit
monde rejoigne sa chambre, les plus mobiles par le petit
ascenseur, les autres, sur leur fauteuil, par le monte-
charge. Il fallait encore faire la toilette d'usage, le brossage
des dents pour celles et ceux qui en avaient encore, et tout
le monde se couchait. Certaines regardaient la télévision,
d'autres s'endormaient devant, et l'infirmier ou l'infirmière
du soir éteignait les appareils allumés que l'attention de leur
propriétaire avait délaissés.

Alors, les aides-soignantes pouvaient enfin souffler, et certaines, s'asseyant sur le règlement et les lois de la République, fumaient une cigarette dans la grande salle.

Le personnel

Il y avait très peu d'hommes, le sexe dit faible étant notoi-
rement plus résistant que le sexe fort.

Dans le personnel, c'était un peu la même chose. À part un
cuisinier, l'infirmier référent, deux infirmiers et un homme
de service qui effectuait les réparations, repeignait les

chambres, réglait les appareils, toujours avec le sourire, et une plaisanterie à la bouche, et ne rechignant jamais à la tâche, l'ensemble du personnel était féminin.

Les aides-soignantes vraiment diplômées étaient rares. Il y avait un ensemble de femmes jeunes, à peine sorties de l'école, et dont la syntaxe hésitante et le vocabulaire pauvre trahissaient le manque d'assiduité dans les écoles de la République.

En revanche, elles vivaient accrochées à leur téléphone portable, l'œil rivé sur l'écran pour ne pas rater l'arrivée d'un texto, qu'elles lisaient et auquel elles répondaient immédiatement, comme si leur vie en dépendait. Leur esprit n'était pas présent. Il flottait sur les ondes de leur téléphone. Et si une résidente avait soif, ou si, pressée par une envie soudaine, elle réclamait qu'on l'accompagne aux toilettes, elle n'arrivait pas malgré ses cris et ses gesticulations, à capter l'attention de l'aide-soignante qui passait à un ou deux mètres d'elle, le nez collé sur l'écran.

Il fallait que l'un des visiteurs, venu voir sa mère, s'en rende compte et se lève pour aller faire remarquer à l'une des aides-soignantes que quelqu'un avait besoin d'elle. Le regard assassin qu'elle lui lança alors montrait bien qu'elle n'appréciait nullement de devoir se séparer de son appareil.

Quelquefois, il fallait même pousser la résidente en détresse avec son fauteuil jusqu'à l'aide-soignante, et lui dire : « Je vous la confie. ».

Pourtant, de temps à autre, une véritable aide-soignante, attentive, accourait d'elle-même et anticipait la chute de quelqu'un de sa chaise. Malheureusement, les meilleures semblaient mal vues par leurs collègues, qui n'admettaient pas que quelqu'un fasse son travail, car on aurait pu, alors, exiger d'elles plus d'attention, un plus grand effort. Et, comme dit la sagesse populaire : « Ce sont toujours les meilleurs qui s'en vont. » Elles n'avaient pas de mal à trouver un poste, aussi mal payé, mais où, avec un peu de chance, on pouvait espérer trouver de meilleures conditions de travail, et des collègues plus zélés.

Au début, Maman discutait souvent avec une dame qui, comme on dit, avait toute sa tête, ce qui laissait penser que d'autres ne l'avaient plus. Pour l'attacher un peu plus à Maman, je les avais invitées toutes les deux à prendre une glace, le jour de mon anniversaire. Comme elles n'étaient pas très mobiles, j'avais fait venir un taxi, et nous étions allés jusqu'à la terrasse d'un café glacier de la place Castellane. Cela leur fit un énorme plaisir. Une fois les glaces terminées, nous gagnâmes la station de taxis toute proche pour revenir à la maison. Malheureusement, cette dame quitta deux semaines plus tard la maison de retraite. Ainsi, l'investissement ne servit à rien.

Celles qui travaillaient le plus, c'étaient les secrétaires de l'accueil, à qui incombait le secrétariat, l'accueil des gens avec leurs problèmes administratifs, et qui étaient le dernier poste avant la sortie.

En effet, il y avait quelques résidentes fugueuses. J'en avais un jour empêché une qui se trouvait contre le portail automatique, que l'on ouvrait au passage des véhicules, et qui était tombée sur le chemin de celui-ci, risquant d'être éventrée par une barre du portail, qui s'appuyait déjà avec

163

force contre son abdomen. J'avais jailli de la voiture et retenu de toutes mes forces le portail de la main droite et de mon dos, tout en essayant, de la main gauche, de dégager la victime en la tirant sur le côté. Bloqué dans son mouvement, le moteur d'entraînement avait disjoncté, ce qui m'avait permis de lâcher le portail soudain stoppé et de libérer la pauvre femme.

Je l'avais fait rentrer, et je l'avais assise sur un fauteuil. Elle était encore toute tremblante de la peur qu'elle avait eue. Sa cuisse portait encore les traces ensanglantées de son combat avec la barre.

Je dis deux mots à la directrice, et lui fis remarquer les blessures de la femme, laquelle s'appelait, comme je l'appris par la suite, Madame Emma Truc, et demandai qu'on les désinfecte. Je leur conseillai aussi de scier le morceau de crémaillère qui ne servait à rien, sinon à éventrer les gens.

Je n'eus droit à aucun remerciement, seulement à la remarque que ce n'était pas à moi de faire cela, que le personnel savait ce qu'il avait à faire, qu'il avait l'habitude. Sauf que, dans ce cas-là, le personnel était absent, ce dont il avait effectivement encore plus l'habitude. Seul résultat tangible de mon intervention : la crémaillère qui dépassait fut sciée.

Par la suite, je n'intervins qu'au dernier moment, juste avant la chute de la personne de son fauteuil, ou dans l'escalier non protégé menant dans le sous-sol. Ou j'appelai quelqu'un du personnel, s'il voulait bien me voir ou m'entendre, et je ramenai les quelques personnes qui avaient déjà franchi le portail, même si elles n'étaient pas d'accord pour rentrer.

C'est aussi ce que faisaient les dames de l'accueil, lorsqu'elles voyaient quelqu'un sortir dans le jardin et se diriger vers le portail qui venait de s'ouvrir.

L'une des résidentes fugueuses, mère d'un ancien champion de natation marseillais, détenteur d'une médaille de bronze aux jeux olympiques de Mexico, et qui était aussi sportive que son fils, à qui elle avait transmis ses meilleurs gènes, avait disparu pendant une bonne heure. C'est la fille d'une résidente qui la reconnut à quelques rues de la Maison de Retraite, réussit à la convaincre de monter dans sa voiture et la ramena.

Elle non plus n'eut droit à aucun remerciement. Personne n'ayant remarqué l'absence de la fugueuse, personne ne se fit de souci, et personne ne la chercha. Son retour tombait donc à plat.

Le trou de la sécu

On parle souvent du trou de la sécu. Les maisons de retraite participent à le creuser.

Maman allait chez le médecin une fois par mois pour faire renouveler ses médicaments. Dans la maison de retraite, son médecin la voyait quatre fois par mois. Et quand je dis qu'il la voyait, c'était parfois de fort loin. L'un des médecins se contentait de visites groupées dans la salle de séjour. Il s'adressait à ses patientes en groupe, leur demandant si elles allaient bien. Il suffisait que quelqu'un réponde oui, même s'il ne faisait pas partie de ses patients, pour que le médecin, satisfait, aille remplir ses feuilles de soins, synonymes de 23 euros chacune.

Un jour que Maman avait l'œil rouge et plus qu'humide depuis plusieurs jours, et qu'elle ne cessait de le frotter parce qu'il la démangeait, je m'aperçus que le médecin, qui, d'après la feuille de soins, l'avait vue la veille, ne s'était aperçu de rien. Soit il n'avait rien vu, soit il avait estimé que cela n'était pas grave, soit, ce qui était plus grave, il ne l'avait pas vue du tout.

Comme je le lui demandai, il ne sut que répondre. Nous changeâmes de médecin.

Le kinésithérapeute, qui était chargé de maintenir la capacité à marcher des résidentes, et qui, selon la sécu, devait travailler 20 minutes avec sa patiente, se contentait de l'accompagner de sa chambre jusqu'en bas en ascenseur, ce qui lui prenait au maximum deux minutes. Comme je lui demandais, au mois de juin, pourquoi il ne sortait pas avec Maman, il me répondit qu'il ne faisait pas beau, qu'il faisait trop froid. Il suffisait de regarder le temps pour voir qu'il faisait bon. Quant à trouver du verglas susceptible de faire glisser ma mère, il ne fallait pas exagérer. Nous changeâmes donc de kiné.

Les maisons de retraite sont le refuge rêvé pour certains professionnels qui ont un poil dans la main, qui les empêche de travailler. Mais ce poil est sélectif : il ne les empêche pas d'encaisser. Et si la famille n'est pas attentive, cela passe inaperçu. Sur le papier, toute résidente a son kiné, donc, tout va bien.

Les résidentes étaient de toutes sortes. Certaines, très rares, lisaient encore des livres. Curieusement, beaucoup parmi les autres nommaient les magazines comme Match ou Gala des « livres ». Ceci explique donc le manque d'envie de lire, ces résidentes ayant possédé un seul livre, le plus souvent l'annuaire des téléphones, ou celui des horaires de trains, plus connu sous le nom de Chaix.

Maman, qui avait toujours été une lectrice convaincue, avait aussi rapidement perdu l'usage de la lecture. Elle se contentait de feuilleter les deux magazines que je lui apportais chaque semaine, et de consulter Télé-Z, le programme de télé auquel je l'avais abonnée. Vers la fin, elle descendait souvent avec un magazine qu'elle traînait depuis des semaines, alors qu'elle en avait de plus actuels. J'aurais pu arrêter de lui apporter des magazines, un seul ayant pu faire l'affaire, mais je n'ai pas réussi à me persuader de la faire, ayant l'impression de la gruger.

Au début de son séjour, on pouvait discuter avec elle des contenus. Elle suivait l'actualité politique à la radio et à la télé, et faisait le rapprochement avec ce qu'elle trouvait dans le magazine. Mais son intérêt finit par s'émousser, et l'on pouvait répéter plusieurs fois la même information, celle-ci était toujours nouvelle pour elle. Elle était désormais dotée d'une mémoire de travail Tefal, sur laquelle tout glissait, comme sur le célèbre revêtement.

Une autre résidente, Esther A. avait aussi toute sa tête, mais malheureusement, plus de jambes, dans la mesure où, hémiplégique à la suite d'un AVC, elle avait perdu l'usage de tout son côté gauche. Contrairement à Papa qui, par une rééducation appropriée, avait pu se remettre à marcher et disposait ainsi d'une certaine autonomie, Esther, elle, qui dépassait les 100 kg, était dans l'incapacité physique de suivre la moindre rééducation avec quelque chance de succès. Même si ses enfants, deux garçons et deux filles, venaient souvent la voir, elle leur en voulait de ne pas l'avoir prise chez eux, mais sans jamais le leur dire. C'était en fait une brave femme, que la vie n'avait pas épargnée. Son mari, un chauffeur de taxi, était mort jeune d'un cancer du fumeur, la laissant seule avec cinq enfants. Courageuse, elle trouva un travail à la plage des Catalans, où elle assura le nettoyage d'un café et la distribution d'engins de plage. Sa vie se déroulait sans heurt lorsque sa plus jeune fille mourut dans des conditions suspectes, laissant un enfant d'un an.

Ce décès subit la foudroya, et fut à l'origine, du moins le pensait-elle, de son AVC.

Elle avait un caractère fort, et la langue bien pendue. Mais si on savait la prendre, en particulier en s'intéressant à elle et en plaisantant, et si, comme moi, on lui apportait régulièrement des biscuits au chocolat, on arrivait à l'apprivoiser. Il fallait juste décoder ce qu'elle disait. Lorsque je lui apportais une cargaison de biscuits, elle me disait : « Monsieur Meunier, vous m'emmerdez. » Ce à quoi je lui répondais immanquablement : « Vous savez bien que je suis là pour ça ! » Cela la faisait rire, et elle répétait à tout le monde que je la gâtais.

La pauvre femme n'avait même pas de chambre individuelle. Elle partageait la sienne avec une femme légume,
et faisait donc comme si l'autre n'existait pas. Mais le personnel n'appréciant guère ses remarques acerbes, elle finit
par être punie, et on la mit avec d'autres personnes aca-
riâtres, pour semer la zizanie. On peut dire que c'était une
forme de maltraitance, mais c'était d'abord à ses enfants
d'aller protester, ou de mettre la main à la poche en se co-
tisant pour lui payer une chambre individuelle.

Elle aimait beaucoup être dehors, ayant facilement trop
chaud. Plusieurs soirs, à l'heure du repas, elle fut oubliée
dehors et c'est moi qui la ramenais, avec son fauteuil, à
l'intérieur du bâtiment. Était-ce une autre forme de maltraitance organisée ?

D'autres personnes sortaient du lot. Madame F., corse de
la région de Saint-Florent, qui se trouvait là depuis la mort
de son mari, et dont le seul parent, une nièce habitant Paris,
venait la voir quelques heures deux fois par an. Elle profitait
du fait qu'elle mettait son bateau à l'eau, ou à sec, à Agde,
pour venir voir sa tante. Celle-ci ne lisait pas, ne regardait
pas la télé, n'écoutait pas la radio. Elle passait son temps à
dévider la pelote de sa vie, à revisiter ses souvenirs. Elle
était à la même table que ma mère pendant les cinq ans
que Maman passa là. Et lorsqu'elle nous voyait, Marie-
Françoise et moi, elle insistait pour placer son fauteuil,
qu'elle pilotait elle-même, à côté de nous. Et elle fut transportée de joie le jour où Marie-Françoise lui offrit un livre
avec des photos sur la Corse. Elle le feuilleta régulièrement, ce qui raviva quelque peu ses souvenirs.

Madame H., qui était arrivée bien après ma mère, était de-

Sortie en petit train

venue son poisson pilote. Elle l'accompagnait comme son ombre. Lorsqu'on sortait dans le jardin, elle demandait si elle pouvait nous accompagner, et comme on le lui permettait, elle ne se le faisait pas dire deux fois. Elle était née à Bab El Oued, quartier populaire d'Alger. En 1962, elle était venue s'installer avec son mari à Cannes, pas loin de la Croisette. Ils avaient ouvert une boutique de prêt-à-porter qui, à première vue, tournait bien. À la mort de son mari, un fumeur invétéré, elle vint s'installer à Marseille, où vivait son fils unique, dans un appartement qu'elle acheta à la Pointe Rouge. C'est à la suite d'ennuis de santé que, incapable de rester seule chez elle, elle vint s'installer à la Maison de Retraite. Son fils, bien que retraité également et ayant tout son temps, venait la voir une heure par semaine, le samedi ou le dimanche, selon son humeur. Il passait beaucoup de temps à jouer aux boules, le sport préféré des retraités de la région.

Mme Chabert, qui n'avait que la peau sur les os, mais un caractère fort, lisait régulièrement de gros pavés écrits par des auteurs américains. Sa seule grande joie était d'aller fumer une cigarette dehors. Elle avait droit à quatre cigarettes par jour, achetées par un neveu habitant dans le Var, et qui, de temps à autre, lui faisait parvenir une cartouche dont la garde était confiée à l'accueil. On peut supposer qu'elle n'était pas la seule à en profiter, car elle se trouvait rapidement à court de munitions.

Quelquefois, une aide-soignante qui l'avait poussée dehors avec son fauteuil et lui avait allumé sa cigarette en la portant à ses propres lèvres, avant de la lui fourrer dans le bec (et tant pis pour l'hygiène), l'abandonnait dehors en plein hiver, et c'était aux visiteurs, à nous donc, de nous en rendre compte et de la récupérer, même si cela, comme déjà dit plus haut, ne nous regardait pas.

Il y avait aussi Mme R., qui disputait à Esther le titre de plus grosse résidente, et qui défiait son diabète en s'accordant de temps en temps un gâteau. La mesure journalière de son taux de glycémie apportait irrémédiablement la réponse à la question qu'elle se posait : « Ai-je exagéré ou non ? »

À première vue, l'interprétation de ses résultats ne reposait pas sur une science exacte, car le taux ne coïncidait pas toujours avec la quantité de sucrerie ingurgitée. À moins que l'appareil ne mesurât pas bien.

Il est difficile de passer sous silence la dame au dentier. Celle-ci, une grande femme aux cheveux blancs, avait un dentier complet, mais en deux parties. Ses gencives devaient avoir maigri car le dentier ne tenait plus. Elle le poussait de la langue, et on le voyait sortir de la bouche, avant d'être rattrapé et rapatrié d'un coup de langue. Tous les spectateurs étaient fascinés par ce spectacle digne des trapézistes du cirque Bouglione, mais pas très ragoûtant. De plus, le spectacle était sonore, car on entendait toutes sortes de bruits de succion, accompagnés du claquement de l'appareil, lorsque les deux parties, le haut et le bas, entraient en collision.

Lorsque la dame dormait, le dentier venait faire un petit tour à l'extérieur : il entrait et sortait au rythme des ronflements. De peur qu'il ne tombe, on s'empressait de réveiller la dame, qui cessait aussitôt de ronfler et rapatriait automatiquement l'engin de la pointe de la langue.

Son cerveau était un peu à l'image de son dentier : délabré. Elle ne savait pas trop ce qu'elle disait, et tout dialogue était d'autant plus difficile que le contenu était difficile à suivre, et que la langue avait du mal à articuler les sons, occupée qu'elle était à rajuster le dentier. Aux sons déformés de la parole venaient s'ajouter divers bruits de salive, qui rendaient la compréhension presque impossible.

Les autres résidentes étaient moins pittoresques. Certaines racontaient toujours la même histoire, ou articulaient la même phrase : « C'est bien, hein ? » D'autres attendaient l'autobus, voyaient des bateaux s'amarrer le long du bâtiment, des gens accrochés aux arbres. Une enfin venait sur son fauteuil qu'elle propulsait elle-même, demander à l'accueil : « Il y a quelqu'un ? » avec la variante « Il n'y a personne ? » Les gens de l'accueil se camouflaient souvent dès qu'ils la voyaient arriver en s'aplatissant derrière le comptoir. Si l'un d'entre eux était surpris en flagrant délit de présence, elle retenait une chambre pour des amis qui ne venaient jamais.

D'autres encore revivaient dans ce qui leur restait de tête des aventures effrayantes et hurlaient des « Non ! » voire des « au secours » plus vrais que nature, échos de vieux traumatismes.

Enfin, il y avait les silencieuses, qui vivaient comme des légumes : couchées, immobiles, silencieuses si l'on excepte quelques rares gémissements occasionnels, la bouche ouverte, évoquant un cendrier monstrueux.

Chaque visite était pour les familles une épreuve, car à l'image et aux sons, il fallait encore ajouter les odeurs d'urine ou de selles, les couches pour adultes ayant une contenance insuffisante si on ne les change qu'une fois par jour, ce qui devait être le rythme habituel, les aides-soignantes n'étant pas chaudes pour les changer plus souvent.

Certaines résidentes ne recevaient aucune visite de proches, soit qu'elles n'en aient plus, soit qu'ils aient habité trop loin, soit enfin qu'ils n'aient pas trop envie de venir.

Le plus souvent, c'étaient les filles qui allaient s'occuper de leur vieille maman. On voyait assez peu les garçons. Mais dans un cas comme le nôtre, notre génération ne comptant que des mâles, c'est Georges et moi qui assurions le service. Georges assurait trois ou quatre visites, et moi, selon les semaines, quatre ou cinq. Chacune des belles-filles effectuait une visite par semaine. Ainsi, Maman ne pouvait pas se plaindre d'un manque de visites. C'était elle qui en recevait le plus, et elle en tirait une forme de fierté et une certaine assurance. Les membres de la famille habitant loin venaient la voir quand ils étaient de passage, le plus souvent pendant leurs vacances. Gérard faisait le voyage exprès pour venir la voir.

Les familles, du moins celles du début, étaient solidaires et se voyaient avec plaisir. Elles formaient une sorte de grande fratrie.

Mais lorsqu'une résidente nous quittait, sa famille disparaissait pour nous avec elle, et vers la fin de la vie de Maman, on connut assez peu de gens.

Chute et col du fémur

Maman mena sa petite vie de résidente sur ses deux jambes jusqu'en janvier 2014, date à laquelle elle se cassa le col du fémur, sans même tomber. Elle était encore au lit et allait se lever lorsque son os se cassant, elle se retrouva assise par terre.

Je fus averti par la maison de retraite le dimanche matin. Je répercutai immédiatement l'information à Georges et Nelly, qui se trouvaient à Martigues avec Bente, l'ex-femme de Gérard, alors en visite à Marseille. Nous allâmes donc seuls, Marie-Françoise et moi, à l'hôpital de la Conception voir Maman, qui attendait dans un couloir, couchée sur un lit à roulettes, depuis une bonne heure, que l'on veuille bien s'occuper d'elle. Elle fut bien contente de nous voir car elle ne comprenait pas ce qu'elle faisait là, désireuse de se lever et de rentrer chez elle. Nous lui tînmes donc compagnie jusqu'à ce que l'on vienne la chercher pour une opération. Nous rentrâmes chez nous. Ce n'est que très tard le soir, on pourrait même dire dans la nuit, que l'on apprit que tout s'était bien passé. Maman avait désormais une hanche en titane. Mais elle avait perdu aussi son autonomie habituelle. En effet, après une période en fauteuil, elle dut utiliser un déambulateur qui ne devait plus la quitter jusqu'au bout.

Mais avant d'utiliser le déambulateur, elle eut plusieurs semaines d'interdiction de marcher. Une nuit, elle eut envie de se lever pour aller aux toilettes. Comme on lui avait mis des barrières, elle essaya de passer par-dessus et tomba sur le sol. Elle fut donc à nouveau expédiée par ambulance à la Conception, au même service, pour examens. Et c'est là que nous la retrouvâmes. Elle n'était pas spécialement traumatisée. Elle se demandait seulement où elle était, et ce qu'elle y faisait. Le problème, c'est qu'elle ne se souvenait pas de sa chute, ni même de son opération avant. Et ce serait désormais toujours pareil : quoi qu'il arrive, elle ne sera plus jamais en mesure de comprendre ce qu'il lui arrivait.

Le stimulateur cardiaque

Tout alla à peu près bien, jusqu'à la fin de l'année 2014, où elle fit de nombreux malaises entraînant des chutes. Son cardiologue trouva bon qu'on lui mette un stimulateur cardiaque, et sans même que l'on nous en parle ou encore moins que l'on nous demande notre avis, il profita d'un nouveau malaise pour la faire amener à la Conception, où elle eut droit à la pose d'un stimulateur cardiaque.

L'expression « C'est comme si on pissait dans un violon »

me vint tout de suite à l'esprit. En effet, après quelques semaines de répit, les malaises reprirent. Nous passâmes
Noël, et puis encore le nouvel an. C'est alors qu'elle fut
prise d'une fatigue importante, quasi chronique.

Les derniers jours

Comme on nous avait dit qu'elle refusait de manger, je vins
lui donner la becquée tous les soirs. À cinq heures du soir,
elle n'en pouvait plus, et on la montait dans sa chambre.
Une aide-soignante dévouée faisait sa toilette et on attendait le moment du repas. On regardait en même temps la
télé, ce qui me permettait de faire rentrer les cuillères plus
facilement, l'attention étant attirée par les images mobiles.
Je lui apportais ce qui lui plaisait pour remplacer certains
plats peu motivants. Et puis, dès qu'elle avait un peu
mangé, elle avait sommeil et j'éteignais la lumière en partant, comme on le fait avec les petits enfants que l'on vient
de coucher. La troisième semaine de fatigue fut terrible, car
la faiblesse augmentait, et la lassitude également. Même la
télévision ne l'intéressait plus. Et le jeudi 29 janvier, il ne fut
pas possible de la faire manger. Elle n'avait plus aucune
envie, à part celle de dormir.

Et ce soir-là, ce fut la dernière fois que je la vis encore en
vie, mais à peine. Disons qu'elle respirait encore. On avait
l'impression qu'elle avait tiré un trait sur son existence.
Lorsque l'envie de vivre a disparu, que plus rien ne vous
retient, il ne vous reste plus qu'à vous endormir. Définiti-
vement. Et c'est ce qu'elle fit.

Le lendemain, vers neuf heures, un coup de fil de la maison

de retraite m'avertit de la disparition de ma mère.

Même si je m'y attendais, cela me fit quelque chose. J'allais le plus vite possible la voir. Elle reposait dans sa chambre, l'air paisible, comme si elle dormait. Je me souviens d'avoir eu une espèce de panique, quelques secondes, une angoisse qui me serrait la gorge. C'était, je crois, la prise de conscience de ce que tout était fini, que je ne la verrai plus jamais en vie, disant à mon arrivée : « C'est mon fils ! »

Au cours des cinq dernières années, j'avais été très proche d'elle, m'occupant autant de l'intendance de base, l'achat du papier hygiénique, du dentifrice, du savon, des collants, et même des soutiens-gorge, afin qu'elle ne manque de rien. Elle allait me manquer.

Et puis, je devenais le plus vieux des Meunier, et dans la série « Au suivant ! », j'étais bien placé, vu mon âge.

J'ai dû aller chez RocEclair, pour régler les détails des obsèques, après avoir averti mes frères et mes enfants de la mort de Maman. Il ne me restait plus qu'à veiller à ce que les désirs maternels soient réalisés.

L'enterrement de Maman ressembla à celui de Papa. Cette fois, il n'y eut pas de curé parce que, comme me l'avait dit l'employée des pompes funèbres, cela ne se faisait plus. Il est possible que, trop peu nombreux, les curés ne puissent plus accompagner les chrétiens à leur dernière demeure.

Les participants étaient presque les mêmes que pour Papa: Arlette et son mari, Michel, Georges, Nelly, Clara, Gérard, Pascal, les deux ex-belles-filles Dorothea et Bente, et moi.

On comptait encore une personne nouvelle, Marie-Françoise, et une en moins, Yves, resté en Bretagne, dans l'incapacité de se déplacer pour raisons de santé.

Maman fut déposée dans le caveau familial des Meunier. Elle y retrouvait son mari, sa mère et sa sœur préférée. Ce caveau est désormais complet. Il vient s'ajouter, dans notre tradition familiale, à celui de Caucade, où se trouvent nos grands-parents paternels, et nos deux petits frères, celui qui est né sans nom, et le petit Philippe. J'ai trouvé dans les papiers de famille un document citant au cimetière du Montparnasse, à Paris, le caveau des Maublanc, où se trouvent quelques arrière-grands-parents.

Voilà ce qui, optiquement, reste de nos prédécesseurs. Heureusement, il en reste certainement plus dans notre souvenir. Et c'est pour cela que j'ai voulu écrire ce livre : pour faire savoir les détails que je connaissais, pour qu'il reste plus de Maman que cette pierre grise sur laquelle est écrit : « famille Meunier ».

Certes, Maman ne laisse aucune trace dans l'histoire, mais elle a eu un rôle non négligeable.

De la fille d'immigrés à l'arrière-grand-mère bienveillante de la maison de retraite, Maman a eu une vie riche en événements. Elle avait traversé deux guerres, enterré deux de ses enfants en bas âge. Elle avait élevé quatre garçons, et comptait neuf petits-enfants et deux arrière-petits-enfants.

Elle sut s'intégrer dans la société française par l'école, et par le travail. Même si sa vie scolaire ne dépassa pas les cinq ans, elle écrivait le français sans faute, et lisait toutes sortes de livres de bon niveau.

Elle était avant tout très humaine. Elle a soigné sa maman qu'elle aimait, sa belle-mère qu'elle n'aimait pas et qui le lui rendait bien, son mari qu'elle chérissait. Elle nous a élevés, souvent seule, de 54 à 60, même lorsque Papa était en Algérie alors que nous étions à Nice, même lorsque Papa était en opération alors que nous étions à Alger, alors qu'elle mourait de peur, la nuit, seule avec cinq petits. Elle a su nous élever, faire de nous des hommes honnêtes, dévoués aux autres.

Maman était courageuse et faisait face. Elle ne se défilait pas. Et elle n'hésitait pas à donner de sa personne.

Comme diraient les curés, Maman était amour. Elle aimait ses parents, ses frères et sœurs, ses enfants, ses petits-enfants. Elle aurait adoré ses arrière-petits-enfants si elles les avaient connus autrement qu'en photo.

Elle aimait ses congénères, ne ressentait aucune jalousie, n'enviait pas la richesse, la beauté ou la réussite des autres.

Papa et Maman sont pour moi indissociables. Ils se sont bien trouvés, étant tous les deux de la même sorte, sculptés dans le même bois. Et ils sont restés ensemble et heureux de l'être jusqu'au bout. Nous avons eu beaucoup de chance de les avoir eus pour parents.

TABLE DES MATIERES

Dessin de Roger Meunier en 1936

Éditeur : BoD-Books on Demand, 12/14 rond-point des Champs Élysées, 75008 Paris, France
Impression : BoD-Books on Demand, Norderstedt, Allemagne
ISBN : 978-2-322-08447-0
Dépôt légal : octobre 2017

ISBN : 9782322084470